Garth Nix & Sean Williams

Spirit Animals

Das Böse erhebt sich

Sean Williams ist New York Times-Bestseller-Autor und hat mit Garth Nix schon die „Troubletwisters"-Serie geschrieben. Er lebt in Adelaide, Australien – unter anderem mit einem paar grüner Baumfrösche.

Garth Nix hat ebenfalls schon einige internationale Bestseller geschrieben und wohnt mit seiner Familie sowie einigen Papageien, Kakadus und Wellensittichen in Sydney.

Garth Nix & Sean Williams

SPIRIT ANIMALS™

Das Böse erhebt sich

Band 3

Deutsch von Wolfram Ströle

Ravensburger Buchverlag

Als Ravensburger Taschenbuch
Band 52606
erschienen 2019

MIX
Papier aus verantwortungsvollen Quellen
FSC® C114500
FSC
www.fsc.org

1 2 3 4 5 E D C B A

Ungekürzte Ausgabe

Originaltitel: Spirit Animals. Blood Ties

Lektorat: Kathrin Becker
Umschlag: SJI Associates, Inc. und Keirsten Geise
Vorsatzkarte und Vignetten: Wahed Khakdan

Printed in Germany
ISBN 978-3-473-52606-2

www.ravensburger.de

Für alle pelzigen, gefiederten, geschuppten
und mit Flossen besetzten Freunde,
die mein Leben bereichern.
– G. N.

Für Skipper und Jumpy, die Frösche,
die uns besucht haben, für ihre Besitzerin Amelia
und für Amelias Zwillingsbruder Orlando.
– S. W.

Inhaltsverzeichnis

ARCTICA
EURA
Trunswick
Burg
Greenhaven
Concorba
Okai
AMAYA
N

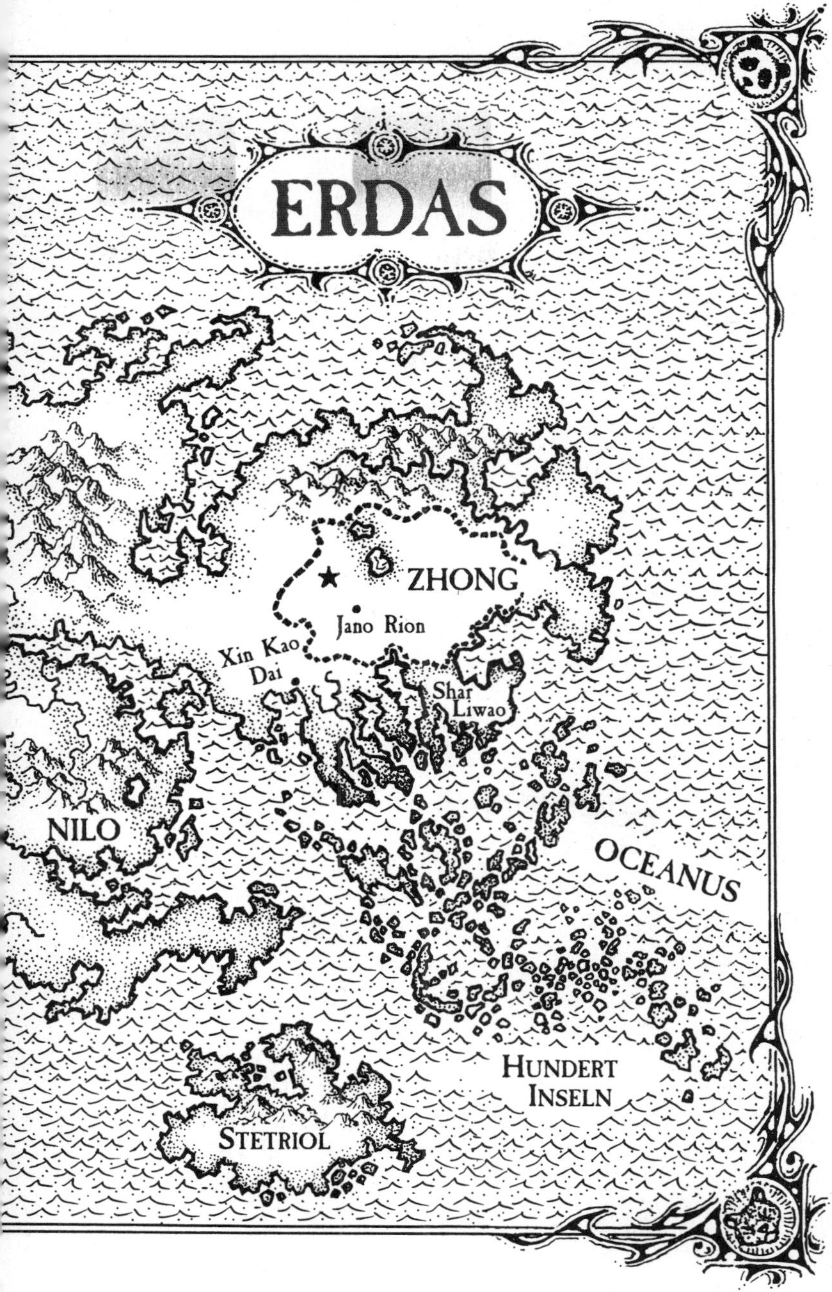

ERDAS
ZHONG
Jano Rion
Xin Kao
Dai
Shar
Liwao
NILO
OCEANUS
HUNDERT
INSELN
STETRIOL

Das Grosse Bambuslabyrinth

Bambusstämme ragten über Meilin auf, verdeckten die Sonne und warfen tiefe Schatten auf die beiden sich kreuzenden, schmalen Wege des Großen Bambuslabyrinths. Meilin blieb stehen und starrte sie böse an. Schon wieder musste sie sich entscheiden. Sie wollte nicht einmal vor sich selbst zugeben, dass sie irgendwo vor ein paar Kilometern falsch gegangen war und sich inzwischen hoffnungslos verirrt hatte.

Als sie damals überlegt hatte, wie sie am besten nach Zhong gelangen würde, war sie so froh gewesen, dass ihr das Labyrinth eingefallen war. Dort, wo die Mauer nicht verlief, hatte man den Bambuswald eigens zur Verteidigung angelegt. Nur ausgewählte Kuriere und hohe Beamte kannten die geheimen Wege, die durch den viele Kilometer breiten Wald aus fünfzehn Meter hohem Bambus führten. Meilins Vater, General Teng, war natürlich eingeweiht und er hatte Meilin schon vor Jahren erklärt, wie man vom nördlichen Eingang her nach Zhong gelangte.

„Zuerst zehnmal links abbiegen", sagte Meilin leise vor sich hin. „Dann zehnmal rechts, dann links, rechts, viermal links und dreimal rechts."

Sie hatte diese Anweisungen genau befolgt und war trotzdem nicht auf der anderen Seite des Labyrinths herausgekommen. Schlimmer noch, sie hatte darauf vertraut, dass sie den Weg an einem Tag schaffen würde. Dafür hätten die lederne Trinkflasche, die sie am Eingang an einem Bach gefüllt hatte, und die beiden Reiskuchen auch vollkommen ausgereicht.

Doch jetzt war bereits der Vormittag des dritten Tages angebrochen. Die Wasserflasche war leer, an die Reiskuchen konnte sie sich kaum noch erinnern. Und davor war sie schon per Schiff und Karawane eine Woche durch Eura unterwegs gewesen, versteckt in staubigen Kisten und rattenverseuchten Frachträumen. Zu Hunger und Durst kam die Enttäuschung über ihr Versagen. Nur die vage Hoffnung, dass ihr Vater noch lebte und sie ihn finden würde, hielt sie auf den Beinen.

Wütend schlug sie mit ihrem Kampfstab gegen einen Bambusstamm. Sie schlug so heftig zu, dass der zehn Zentimeter dicke Stamm abknickte. Jedoch hinterließ er in dem dichten Wald nicht einmal eine Lücke. Hier gab es nur endlos hohen Bambus, den schmalen Weg und irgendwo hoch über ihr die Sonne.

Zum ersten Mal dachte sie daran, dass sie womöglich nicht lebend aus dem Labyrinth herauskommen würde. Sie, die Tochter von General Teng, in einem Bambuswald verdurstet! Eine unerträgliche Vorstellung!

Ein Jucken an ihrem Unterarm lenkte sie ab. Sie schob den Ärmel hoch und betrachtete nachdenklich das Tattoo der schlafenden Pandabärin. Sie hatte ihr Seelentier Jhi für den Weg durch das Große Bambuslabyrinth in den Ruhezustand versetzt, aus Furcht, es könnte zu langsam gehen. Jetzt hatte sie andere Sorgen.

„Dann komm eben raus!“, befahl sie. „Komm raus und mache dich nützlich. Vielleicht kannst du ja für mich eine Schneise durch den Bambus fressen!“

Ein Blitz zuckte auf und im nächsten Moment spürte sie etwas Pelziges an ihrer Seite. Jhi stand neben ihr. Die Pandabärin drückte sie gegen einige besonders dicht zusammenstehende Bambusstämme, die unter ihrem Gewicht erzitterten.

„He, pass doch auf!“, protestierte Meilin. Sie spürte, wie etwas ihr Gesicht berührte. In der Annahme, es handle sich um ein Insekt, wischte sie es weg, doch im nächsten Augenblick streifte etwas ihre Hand. Sie blickte nach oben und sah, dass von der Spitze des Bambus zarte weiße Blüten wie kleine, warme Schneeflocken zu ihr herunterfielen.

Bambusblüten.

Das hatte sie noch nie gesehen. Sie wusste, dass Bambus nur alle fünfzig, sechzig oder auch hundert Jahre blühte. Anschließend gingen die Pflanzen ein.

Meilin starrte zu den Wipfeln hinauf. Alle Stängel blühten. In ein oder zwei Wochen würden sie vertrocknen, Risse bekommen und umstürzen. Bis dahin würden Blüten den Waldboden bedecken und als seltenes Festessen scharenweise Ratten und andere Tiere anlocken.

„Das Labyrinth stirbt“, flüsterte sie.

Damit verlor ein weiterer Teil von Zhong seinen letzten Schutz. Die Eroberer waren durch die Mauer in ihr armes Land eingefallen. Bald gab es auch das Labyrinth nicht mehr. Vielleicht hatte der große Schlinger die Blüte ja irgendwie verursacht.

Jhi setzte sich schwerfällig und wollte Meilin mit ihrer Tatze neben sich auf den Boden ziehen.

„Ich kann jetzt nicht ausruhen!“, protestierte Meilin. „Ich muss überlegen, wie wir hier rauskommen!“

Sie schob die Tatze weg und folgte dem Weg ein paar Schritte nach links. Dann blieb sie zögernd stehen, drehte um und ging einige Schritte nach rechts. Jhi machte ein schnüffelndes Geräusch.

„Lachst du etwa?“, rief Meilin empört. „Unsere Lage ist ernst! Ich habe mich verirrt und habe nichts mehr zu essen und zu trinken. Womöglich sterbe ich hier!“

Jhi klopfte auf den Boden neben sich, eine sehr menschliche Geste, die Meilin an ihren Vater erinnerte. Das hatte er immer gemacht, wenn sie sich neben ihn setzen und einen Ratschlag anhören sollte. Was hätte sie nicht darum gegeben, ihn jetzt um Rat fragen zu können.

„Lass das, ich habe keine Zeit zum Sitzen!“, schimpfte sie.

Im Grunde war es egal, in welche Richtung sie ging. Sie hatte die Orientierung vollkommen verloren. Jetzt zählte vor allem rasches Handeln. Sie musste aus dem Labyrinth herauskommen, bevor sie verhungerte und verdurstete.

Sie rannte los, überzeugt, dass sich das Dickicht gleich lichten würde. Dass sich eine Wiese auftun und Zhong offen vor ihr liegen würde.

Jhi machte wieder ein Geräusch, aber Meilin ignorierte es. Ihr Seelentier nützte ihr wieder einmal überhaupt nichts. Hätte sie doch Essix dabeigehabt! Ein Falke konnte fliegen und den Weg von oben finden.

„Man könnte meinen, dass ein Panda in einem Bambuswald irgendwie nützlich wäre“, murmelte Meilin. Sie lief noch einmal fünfzig Meter und stand vor der nächsten Kreuzung. Wieder konnte sie nach links, nach rechts oder geradeaus gehen. Die Wege sahen alle gleich aus: schmal und gerade und gesäumt von hohen Bambusstämmen.

Meilin blieb stehen und blickte zurück. Jhi war ihr gemächlich gefolgt. Gerade hob sie eine Tatze und zog mühelos einen Bambusstängel zu sich herunter, bis er brach. Der Stängel landete auf dem Weg hinter Meilin und bedeckte den Boden mit Blüten. Jhi beugte sich darüber und begann zu fressen. Mit ihren Tatzen stopfte sie sich große Mengen von Zweigen, Blättern und Blüten ins Maul.

Meilin spürte ihren Hunger immer schmerzhafter. Wenn sie nicht so ausgedörrt gewesen wäre, wäre ihr das Wasser im Mund zusammengelaufen. Am zweiten Tag hatte sie etwas Bambus gekostet, davon aber Magenkrämpfe bekommen und sich anschließend noch hungriger gefühlt. Der Bambus war zu trocken und sie sah nirgends frische Schösslinge, die leichter zu verdauen gewesen wären.

„Man muss hier doch irgendwie rauskommen", flüsterte sie und blickte ratlos zwischen den Wegen hin und her. Sie glichen einander wirklich wie ein Ei dem anderen. Das letzte Mal war sie nach rechts gegangen, also würde sie diesmal nach links gehen. Links, dann bei der nächsten Kreuzung wieder rechts und so weiter. Im Zickzack, das war am besten. Dann musste sie irgendwann den Ausgang finden.

„Komm", sagte sie zu Jhi.

Diesmal rannte sie nicht, dazu fehlte ihr die Kraft. Aber sie ging schnell, ohne auf ihren knurrenden Magen, den trockenen Hals und die schwüle Hitze zu achten.

„Ich finde hier schon heraus", flüsterte sie. „Ich werde

Zhong erreichen und gegen den Schlinger und unsere Feinde kämpfen."

Doch ein leises Stimmchen in ihrem Kopf erhob dagegen den immer gleichen entmutigenden Einwand.

Ich werde sterben. Ich habe mich verirrt und werde sterben.

Ein Meeresbote

Conor kauerte am Bug der *Telluns Stolz*, des schnellsten Schiffs in der Flotte der Grünmäntel. Jedes Mal, wenn das Schiff frontal gegen einen Brecher krachte, wurde er von der Gischt durchnässt, aber wenigstens war er mit seinem Elend allein. Die Nässe war eine geringe Strafe für das, was er getan hatte. Er hatte den Eisernen Eber, den Talisman von Rumfuss, dem Feind übergeben ... Conor war zwar immer noch davon überzeugt, keine andere Wahl gehabt zu haben – schließlich hatte er doch seine Familie retten müssen! Trotzdem schämte er sich furchtbar und war verzweifelt.

Zum wiederholten Mal fragte er sich, ob nicht alles ein großer Irrtum war. Er war doch eigentlich zum Hirten geboren! Nie im Leben war er ein Grünmantel und schon gar nicht der Partner eines Großen Tiers. Er war nicht zum

Helden bestimmt, aber Erdas brauchte Helden, die die Talismane von den Großen Tieren einsammelten und den großen Schlinger besiegten.

Conor spürte die sanfte Berührung spitzer Zähne im Nacken. Er kannte diese Zähne, sie gehörten Briggan. Briggan packte ihn am Kragen und wollte ihn wie einen verirrten Welpen aus seinem Versteck ziehen.

„Ich komme ja schon", sagte Conor mit einem Seufzer.

Der Wolf ließ ihn los und machte ein paar Schritte rückwärts.

„Was ist denn?"

Briggan drehte sich um und lief mit trommelnden Pfoten zu der Leiter, die vom Vordeck zum Hauptdeck hinunterführte. An ihrem oberen Ende angelangt, blickte er zurück und starrte Conor mit seinen durchdringenden blauen Augen an.

Conor sah an ihm vorbei. Gleich hinter dem Großmast standen Tarik, Rollan und Abeke in einem Halbkreis, der zwei deutlich sichtbare Lücken hatte. Oder wenigstens sah Conor sie deutlich. An einer hätte er stehen sollen,weshalb Briggan ihn jetzt holte. An der zweiten fehlte Meilin. Meilin, die nie allein nach Zhong aufgebrochen wäre, wenn Conor nicht gegenüber dem Grafen von Trunswick nachgegeben und alles verdorben hätte …

Einen Moment lang betrachtete er seine Gefährten. Tarik, ihr Lehrer und Anführer, war ein erfahrener älterer Grünmantel und in ganz Erdas berühmt. Neben ihm stand Rollan, der Junge aus der Großstadt mit dem flotten Mundwerk. Er grinste und schien nicht darauf zu achten, was Tarik sagte, ganz im Gegensatz zu Abeke. Abeke war ernst und gewissenhaft und machte gern alles richtig. Doch als Conor den Talisman weggegeben hatte, war sie ihm gegenüber verständnisvoller gewesen als die anderen. Vielleicht deshalb, weil sie als Jägerin in sich ruhte und mit Menschen genauso geduldig umging wie mit Tieren.

„Conor, komm doch zu uns!“, rief Tarik. „Wir wollen wieder mithilfe von Arax’ Talisman den Mast hochklettern. Du kannst es als Erster versuchen.“

„Ich dachte, diesmal wäre Abeke als Erste dran“, sagte Rollan und warf Conor einen Blick zu. Er gab sich keine sonderliche Mühe, seine Verachtung zu verbergen, und Conor zuckte zusammen. Früher hatte er Rollan für einen Freund gehalten, aber jetzt nicht mehr. Nicht seit Meilins Verschwinden.

„Es stimmt, Abeke ist dran“, sagte er und ging zu der Gruppe. „Sie kann sowieso besser springen als ich.“

„Deshalb üben wir ja“, erklärte Tarik freundlich. „Für die Suche nach dem nächsten Talisman müsst ihr in Form sein.“

„Nach welchem Talisman denn?“, fragte Abeke. „Wir wissen ja noch gar nicht, wo wir suchen sollen.“

„Und selbst wenn wir es wüssten“, fiel Rollan ein, „würde

Conor ihn wahrscheinlich sowieso gleich wieder den Eroberern schenken!"

„Genug jetzt!", rief Tarik streng. „Wenn wir wieder in Greenhaven sind, erfahren wir sicher mehr. Lenori hat bestimmt ein Großes Tier ausfindig gemacht."

„Es tut mir wirklich schrecklich leid", sagte Conor. Er konnte es nicht ertragen, wie Rollan seinem Blick auswich. „Das weißt du doch … aber meine Eltern und Geschwister …"

„Ihr immer mit euren Familien", brummte Rollan. „Da bin ich ja geradezu froh, dass meine sich frühzeitig abgesetzt hat."

„Die Menschen, die wir lieben, machen uns stark", sagte Abeke, „aber zugleich auch schwach. Wenn ihr Leben in Gefahr ist, ist es schwer, sich richtig zu entscheiden."

Rollan sah sie überrascht an. „Du findest also, Conor hat alles richtig gemacht?"

„Ich sage nur, dass solche Dinge eine Rolle spielen." Abekes böser Blick galt beiden. „Solange die Eroberer nicht besiegt sind, sind alle in Gefahr. Alle Familien, auch meine."

Conor biss sich auf die Lippen. Diesen Vorwurf hatte er verdient. Er streckte die Hand aus, um Briggan den Nacken zu kraulen. Sein struppiges Fell zu spüren, beruhigte ihn immer. Doch seine Finger fassten ins Leere. Briggan stand nicht mehr neben ihm. Das lag vielleicht nur daran, dass eine besonders große Welle das Schiff erfasst und den Wolf ins Taumeln gebracht hatte. Aber Conor hatte das Gefühl, als ginge sogar sein Seelentier auf Distanz zu ihm.

„Abeke hat Recht“, sagte Tarik. Er klang wie immer ruhig, sprach aber mit großem Nachdruck. „Deshalb ist es ja so wichtig, dass wir uns gut vorbereiten. Hier ist der Talisman. Mal sehen, wie schnell ihr zum Mastkorb raufkommt.“

„Darf Uraza mir helfen?“, fragte Abeke. Ihr Leopard befand sich im Ruhezustand und war nur als Tattoo auf ihrem Unterarm zu sehen. Uraza mochte das Meer nicht.

Tarik schüttelte den Kopf. „Diesmal nicht. Probiert, wie weit ihr nur mithilfe des Talismans springen könnt.“

Abeke nickte. Conor blickte ein wenig besorgt nach oben. Der Mastkorb war eine kleine Plattform und befand sich fast an der Spitze des vierundzwanzig Meter hohen Masts. Man erreichte ihn mithilfe der Webleinen, schmalen, netzähnlichen Leitern aus Seilen, die vom Deck zur Mastspitze hinaufführten. Doch Tariks Übung bestand darin, vom Deck zur ersten Rah hinaufzuspringen. Die Rundhölzer, die quer zur Fahrtrichtung am Mast befestigt waren, wurden Rahen genannt. Die erste Rah hing neun Meter über dem Deck. Erschwert wurde der Sprung durch das heftige Schlingern des Schiffs.

Wenn Abeke die Rah verfehlt, landet sie hoffentlich im Meer, dachte Conor. Es war besser, ins Wasser zu fallen, als auf dem Deck zerschmettert zu werden – außer man landete auf einem der Steinrückenwale, die das Schiff zogen.

„Konzentriere dich“, sagte Tarik. „Konzentriere dich darauf, die Kraft des Talismans für dich zu nutzen. Ziele ganz genau auf die Stelle der Rah, die du erreichen willst, und strecke die Hände rechtzeitig aus, damit du dich dort festhalten kannst.“

Abeke lockerte Schultern und Waden. Uraza konnte extrem gut springen und im Sprung sogar noch die Richtung ändern. Doch wie würde Abeke ohne Urazas Stärke zurechtkommen?

„Los!“, rief Tarik. Das Schiff tauchte gerade in ein Wellental ein.

Abeke sprang. Der Granitwidder, der Talisman von Arax, zog sie mit erstaunlicher Kraft und atemberaubender Geschwindigkeit in die Höhe. In einer kerzengeraden Linie flog sie ihrem Ziel entgegen wie ein perfekt abgeschossener Pfeil – doch dann merkte Conor, dass sie zu schnell flog und zu hoch gesprungen war. Sie würde an allen Seilen und Rahen vorbei- und sogar noch über die Mastspitze hinausfliegen, und dann auf der anderen Seite hinunterfallen!

Unter Conors entsetztem Blick zog Abeke verzweifelt die Knie an und machte einen Salto, um langsamer zu werden. Dann, als sie über die Mastspitze flog, streckte sie die Hände aus und packte ein dünnes Seil – die Fahnenleine, mit der die Grünmäntel, die Hüter Erdas', ihre Fahne hissten. Einen Augenblick lang fürchtete Conor, die Leine könnte reißen und Abeke würde in den sicheren Tod hinabstürzen.

Doch die Leine hielt. Abeke flog um den Mast herum und knallte mit den Schienbeinen gegen die oberste Rah. Die Leine rutschte ihr durch die Hände, doch dann konnte sie sich wieder festhalten und schwang in die andere Richtung. Diesmal schlug ihr die Rah fast gegen den Kopf. Abeke wich ihr aus, indem sie einen zwar wenig eleganten, dafür aber zweckmäßigen Salto machte und sich mit den Füßen abstieß. Endlich wurde sie langsamer und konnte sich zum Mastkorb hinunterlassen. Von dort blickte sie zum Deck hinunter und winkte. Conor winkte erleichtert zurück.

„Der Talisman hat eine ganz schöne Kraft", sagte Rollan.

Tarik nickte anerkennend. „Er verstärkt Abekes natürliche Begabung."

„Klingt einleuchtend", sagte Rollan. „Aber ein Wolf nützt einem da oben wahrscheinlich nichts." Er sah Conor an.

Conor versuchte herauszufinden, ob das als Scherz gemeint gewesen war, doch Rollan blickte schon wieder nach oben. Essix, die auf einem Tau gesessen hatte, war plötzlich mit einem lang gezogenen Schrei aufgeflogen.

„Hat sie etwas gesehen?", fragte Conor.

Rollan zeigte nach Backbord, über das blaue Meer mit

den weißen Schaumkronen hin zum gekrümmten Horizont. „Ich glaube, einen Vogel. Dort."

Tarik hielt sich die Hand über die Augen und blickte in die Richtung. „Ich sehe nichts."

„Doch, ein kleiner, tief fliegender schwarz-weißer Vogel", fuhr Rollan fort. „Es sieht aus, als hüpfte er über die Wellen. Er kommt geradewegs auf uns zu. Essix hat doch nicht etwa Hunger? Ich habe sie heute Morgen gefüttert!"

„Das ist ein Sturmvogel", sagte Tarik. „Ein Botenvogel, wie die Tauben aus Eura. Vermutlich von Olvan oder Lenori."

Auf dem Deck hinter ihnen ertönte ein dumpfer Schlag und sie fuhren herum. Abeke kniete auf den Planken und stützte sich mit der Hand ab.

„Ich bin hinuntergeklettert und dann von der untersten Rah gesprungen!", erklärte sie aufgeregt. „Ich wusste genau, dass das geht. Der Talisman hat meinen Sturz verlangsamt, ich bin wie eine Feder durch die Luft geschwebt. Wer will als Nächster?"

„Ich glaube, wir machen eine Pause", sagte Tarik. „Wir bekommen eine Nachricht."

„Ich kenne ein Lied über Sturmvögel", sagte Rollan zögernd. „Bringen sie nicht schlechtes Wetter oder Unglück?"

Conor, der angestrengt über das Meer starrte, konnte endlich einen kleinen Vogel erkennen, der vom Wasser aufstieg. Er schien sich förmlich von den Wellen abzustoßen. Er landete auf der Reling und flog zu Tariks Hand weiter. Essix kam herunter und landete auf Rollans Schulter. Ihre durchdringenden bernsteingelben Augen begegneten dem aufgeregt hin und her wandernden Blick des Sturmvogels.

Tarik band vorsichtig eine kleine Bronzekapsel vom Bein des Vogels los, dann hielt er ihn hoch. Der Vogel flog mit einem schnatternden Laut auf und entfernte sich über das Meer.

„Da soll eine Nachricht drin sein?", fragte Conor. „Die Kapsel ist doch viel zu klein."

Doch Tarik nickte und öffnete die Kapsel mit einer Drehbewegung. Sie enthielt ein zusammengerolltes Stück Papier, das so groß war wie der Nagel seines kleinen Fingers. Er nahm es heraus und rollte es auseinander. Es war überraschend lang.

„Zwiebelschalenpapier", erklärte er.

„Gibt es etwas Neues von Meilin?", fragte Conor. Hoffentlich war ihr nichts zugestoßen. Sie waren jetzt seit einer Woche mit dem Schiff unterwegs, um sich in der Seefahrt zu üben und auf andere Gedanken zu kommen, aber vergeblich. Wenn es wenigstens eine gute Nachricht war, etwa, dass Meilin in Zhong eingetroffen und dort bei den Grünmänteln untergekommen war oder dass sie sich schon wieder auf dem Rückweg befand …

„In gewisser Weise ja", antwortete Tarik. „Die Nachricht

stammt von Olvan. ‚*Von Meilin nichts Neues. Aber Aufenthaltsort von Dinesh bekannt. Neuer Befehl: Fahrt nach Kho Kensit, dort Treffen mit Boten im Gasthof zum hellen Mond vor dem östlichen Stadttor von Xin Kao Dai. Vorsicht, Gegner hat Stadt besetzt. Viel Glück!*‘“

„Wo liegt das denn?“, fragte Rollan. „Ich dachte, wir würden nach Greenhaven zurückkehren oder wenigstens an einen Ort fahren, an dem es warm ist.“

„Kho Kensit ist eine Gegend am Rand von Zhong“, erklärte Tarik und runzelte die Stirn. Lumeo, sein Seelentier, ahmte ihn nach, bis sein kleines Ottergesicht ganz zerknautscht aussah. „Xin Kao Dai ist der nächstgelegene Hafen.“

„Aber wir können nicht einfach dort hinfahren“, wandte Conor ein. „Wenn die Eroberer das Land besetzt haben, brauchen wir dazu eine Armee!“

„Xin Kao Dai ist eine lebhafte Hafenstadt mit Reisenden aus ganz Erdas“, erwiderte Tarik. „Wenn wir uns verkleiden und uns nachts in einem Beiboot an Land bringen lassen …“

„Mit Verkleiden kenne ich mich aus“, rief Rollan. „In der Kajüte des Ersten Offiziers steht eine Kiste mit Kleidern. Dort finden wir bestimmt Mäntel, die nicht grün sind, und andere geeignete Sachen. He, wir könnten uns doch als Musikanten verkleiden! Die werden nie angehalten und durchsucht.“

„Aber wir haben keine Instrumente“, gab Tarik zu bedenken. „Und können auch keine spielen.“

„Wie wär’s mit Schattentheater?“, schlug Conor vor. „In Trunswick hat mal eine Truppe gastiert. Wir bräuchten nur ein großes Leintuch – wir könnten ein Segel nehmen –, müssten ein paar Figuren ausschneiden und eine große Laterne beschaffen. Die Truppe, die ich gesehen habe, hat eine Vorstellung über verschiedene Arten von Schafen gegeben. Ihr wisst schon, das Amayanische Schwarzbauchschaf, das Euranische Langhaarschaf …“

„Schattentheater mit Schafen!“, rief Rollan, als hätte er noch nie etwas so Dämliches gehört.

„Wir haben einen Tag Zeit zum Überlegen, wenn die Wale mit voller Kraft schwimmen“, sagte Tarik. „Ich informiere den Kapitän gleich über den Kurswechsel und frage ihn, ob er eine Idee hat.“

Abeke hatte unterdessen die Nachricht noch einmal gelesen.

„Dinesh ist doch der Elefant, stimmt’s?“, fragte sie und zeigte auf den kleinen Brief. „Also *der* Elefant, das Große Tier.“

Tarik nickte. „Und der Besitzer des Schieferelefanten, eines weiteren Talismans, den wir brauchen.“

Abeke sah Conor an.

„Und den wir diesmal behalten, wenn wir ihn haben, ja?“, meinte Rollan.

Conor nickte unglücklich.

„Natürlich“, sagte Tarik. „Aber jetzt sollten wir mit dem Training weitermachen, solange das Meer noch vergleichsweise ruhig ist. Wer will als Nächster?“

„Spring du“, sagte Conor hastig zu Rollan. „Mir … mir ist gerade ein wenig übel. Ich muss mich hinlegen.“

Er wandte sich ab und wäre fast über Briggan gefallen. Auf die Reling gestützt ging er zum hinteren Niedergang und stieg zu den Kajüten hinunter. Der Wolf folgte ihm geduldig.

Conor war nicht wirklich seekrank, er schämte sich nur. Wie konnte er trainieren, solange Rollan ihm so offensichtlich misstraute? Tarik und Abeke waren bemüht, ihn zu verstehen, das spürte er, aber nicht Rollan. Jedes Mal, wenn er etwas sagte, wies Rollan ihn gleich zurecht. Wie sollte er zusammen mit den anderen den Talisman eines Großen Tiers suchen, wenn Rollan ihm bei jeder Gelegenheit unter die Nase rieb, was für einen schrecklichen Fehler er mit dem Eisernen Eber gemacht hatte?

Zudem mussten sie heimlich in ein besetztes Land eindringen und sich mit einer Handvoll Gefährten gegen eine ganze Armee von Eroberern behaupten. Conor war kein Feigling, aber er wollte sich nicht ausmalen, was passieren würde, wenn sie dem Feind in die Hände fielen. Er hatte nicht nur um sich selbst Angst, sondern auch um Briggan und die anderen. Egal was sie von ihm hielten – er betrachtete sie inzwischen als seine Freunde. Bei der Aufgabe, die vor ihnen lag, mussten alle ihr Bestes geben. Und keiner durfte sich einen Fehler erlauben.

„Ich werde tun, was man von mir verlangt“, flüsterte er Briggan zu, als er auf dem schmalen Bett in seiner Koje saß. Er drückte den Wolf an sich. „Und ich zeige denen, dass ich das Zeug zu einem echten Grünmantel habe!“

Xin Kao Dai

„Xin Kao Dai ist eine schöne Stadt", hatte der Kapitän der *Telluns Stolz* gesagt. „Außerdem gibt es dort um diese Jahreszeit oft Frühnebel. In der Nähe der südlichen Landspitze liegt eine kleine Insel, dort werden wir nach Mitternacht ankern. Dann rudern wir euch zur Insel und von dort könnt ihr bei Niedrigwasser zum Festland waten. Geht zwischen den Fischreusen hindurch, dann gelangt ihr von selbst in das Fischerviertel."

Zwei Tage später musste Rollan an die Worte des Kapitäns denken. Es war früher Morgen und er stand bis zur Hüfte im Wasser. Er wünschte, sie hätten einen Weg an Land gefunden, bei dem man nicht so schrecklich nass wurde. Wenigstens war das Meer warm.

Mit dem Nebel hatte Captain Darish Recht gehabt. Er hüllte Rollan grau und undurchdringlich ein und verschluckte die ersten, noch zögerlichen Sonnenstrahlen. Im Gegensatz zu dem Nebel, den Rollan von zu Hause kannte, war dieser Dunst warm, noch wärmer als das Meerwasser. Das hatte zwar den Vorteil, dass er nicht fror, dennoch fühlte Rollan sich unbehaglich. Die Feuchtigkeit sammelte sich zu Tropfen, die ihm den Nacken hinunter und in die Ohren liefen. Weitere Tropfen landeten in seinen Augen und er musste ständig zwinkern und den Kopf schütteln, um sie wieder loszuwerden.

„Echt ein toller Plan", brummte er und watete schneller durch das Wasser, um mit Tarik mitzuhalten. Conor folgte hinter ihm, den Abschluss bildete Abeke. Sie hatten sich Bündel mit großen Schattenspielfiguren auf den Rücken geschnallt, deren Körperteile und Gliedmaßen über ihre Köpfe und seitlich hinausragten. In Tariks Bündel steckte außerdem noch eine große Sturmlaterne.

Abeke hatte die Idee gehabt, die Geschichte der Gefallenen zu erzählen. Sie hatte solche Stücke schon in Nilo gesehen, einmal mit der Schlange Gerathon. Die Schlange hatte aus dreißig Teilen bestanden. Sie konnte sich krümmen, über den Boden gleiten, das Maul aufsperren und alles verschlingen, was ihr in die Quere kam. Der letzte Teil von Abekes Schilderung hatte Tarik ganz und gar nicht behagt.

Das bei Weitem schwerste einzelne Gepäckstück war die Leinwand. Conor hatte sich freiwillig bereit erklärt, sie zu tragen, vielleicht in der Hoffnung, dadurch bei den anderen etwas gutmachen zu können. Da Rollan selbst keine Angehörigen hatte, konnte er nicht nachvollziehen, warum Conor den Eroberern den Talisman ausgehändigt hatte. Genauso wenig begriff er, weshalb Meilin sie verlassen hatte, um jemandem zu helfen, der vielleicht schon längst tot war. Das alles leuchtete ihm nicht ein. Er selbst war in erster Linie damit beschäftigt, den Kopf über Wasser zu halten, im übertragenen und in diesem Augenblick auch im wortwörtlichen Sinn.

„Wie weit ist es noch bis zum Festland?", fragte er Tarik. Er sprach leise, damit seine Stimme nicht über das Wasser tönte. Der Nebel war so dick, dass er nur ein paar Schritte voraussehen konnte. Sie waren alle angespannt. Schließlich standen sie im Begriff, Zhong zu betreten, wo ein einziger Fehler sie zu Gefangenen der Eroberer machen würde.

Auch Meilin war irgendwo hier in Zhong. Rollan überlegte stirnrunzelnd, wo sie sein mochte und wann er sie wiedersehen würde. Dann schüttelte er den Kopf. Er wollte nicht an Meilin denken. Dafür war jetzt keine Zeit. Außerdem war sie freiwillig weggelaufen und hatte ihn – sie alle – verlassen.

„Alles in Ordnung?", fragte Conor.

„Ich habe Wasser im Ohr", brummte Rollan.

„Wir sind gleich da", erklärte Tarik. „Ich sehe schon die Reusen."

„Sind die gefährlich?“ Rollan hatte noch nie eine gesehen.

„Nur für Fische.“

„Ganz bestimmt? Klingt ja fast zu einfach …“

Plötzlich versank er mit dem rechten Fuß in einem Loch auf dem Meeresboden. Mit einem Mal kam die Wasseroberfläche seinem Hals viel näher, als ihm lieb war. Wild ruderte er mit den Armen, um zu verhindern, dass er mit dem Gesicht voraus ins Wasser fiel. Von hinten packten ihn starke Hände und richteten ihn auf. Conor.

„Alles in Ordnung?“, hörte er Abeke sagen.

Er machte sich von Conor los.

„Könnt ihr vielleicht aufhören, mich das ständig zu fragen? Mir fehlt nichts.“

Das stimmte auch. Er stand wieder mit beiden Beinen auf dem Meeresboden und hatte sich nichts getan. Nur wütend war er. Natürlich hätte er sich eigentlich bei Conor bedanken müssen, aber ihr Verhältnis war so ungeklärt und kompliziert. Er wollte nur noch raus aus der Nässe, er wollte an Land, wo er vor Dingen, die ihm wehtaten, weglaufen konnte, statt so quälend langsam durchs Wasser zu waten.

Wenigstens dachte er nicht mehr an Meilin.

„Wir müssen uns beeilen“, mahnte Tarik. „Wenn sich dieser Nebel lichtet, sollten wir an Land sein und die Hütten der Fischer schon hinter uns gelassen haben.“

Er schlug ein deutlich schnelleres Tempo an, und Rollan musste sich anstrengen, um nicht abgehängt zu werden. Aber die Furcht vor unsichtbaren Löchern und vor den Reusen machte ihn eher noch langsamer.

„Denkt daran, die Ärmel am Handgelenk festzubinden, damit niemand eure Tattoos sieht", sagte Tarik. „Ruft eure Seelentiere nur, wenn es um Leben und Tod geht. Das gilt natürlich nicht für dich, Rollan. Raubvögel sind hier weit verbreitet. Zwar glaube ich nicht, dass Schattenspieler normalerweise welche haben, aber wenn Essix oben bleibt …"

Rollan wollte nichts versprechen. Es war ihm nach wie vor peinlich, dass er Essix nicht dazu bringen konnte, sich in den Ruhezustand zu begeben. Wenigstens konnte das Falkenweibchen herumfliegen, ohne Aufmerksamkeit zu erregen. Auch jetzt befand es sich irgendwo da oben über dem Nebel.

Bei den Reusen handelte es sich um mannshohe Körbe aus Weidenruten, die in den Sand eingelassen worden waren. Sie standen zu Dutzenden herum, dicht nebeneinander, und sahen aus wie ein merkwürdiger, im Meer versunkener Wald. Tarik ging als Erster zwischen ihnen hindurch. Sie waren mit zappelnden silbernen Fischen gefüllt, die bei Flut hineingeschwommen waren und jetzt nicht mehr freikamen.

Die anderen folgten Tarik. Das Wasser wurde flacher und sie kamen schneller voran. Schließlich waren sie am

Ufer angelangt und gingen tropfend und so leise wie möglich über einen Sandstrand.

Es wurde heller, die Sonne würde jetzt bald über dem östlichen Horizont aufgehen. Im dämmrigen Licht sah Rollan einige Fischerboote, die am Strand lagen. Hinter ihnen ließen sich die dunklen Umrisse von Häusern erahnen.

Am linken Ende des Strands konnte man schemenhaft ein höheres Gebäude erkennen, einen Wachturm, der zum Glück noch in dichten Nebel gehüllt war. Nur ein Teil der Mauern war zu sehen und der schwache rote Schein einiger Fackeln.

Tarik winkte sie weiter; auf dem Strand waren sie für jedermann sichtbar. Sie eilten einen Weg entlang, der zu einer Reihe von Fischerkaten führte. Sie mussten sich irgendwo verstecken, bevor die Sonne durch den Nebel brach, sonst kamen sie von den Fischreusen direkt in eine Gefängniszelle.

Bei den Hütten angelangt, wechselte Tarik abrupt die Richtung. Statt weiter dem Weg zu folgen, verschwand er hinter einer Mauer. Die anderen folgten ihm. Abeke hatte die Mauer gerade erreicht, da tauchten drei Fischer mit Körben auf dem Rücken und Fischspeeren in den Händen aus den Nebelschwaden auf. Sie gingen in Richtung Strand.

Rötliches Licht sickerte durch den Nebel. Plötzlich hatte Rollan eine kurze Vision, in der er die Sonne als leuchtenden Streifen über dem Horizont erblickte. Er selbst schwebte irgendwo über dem Nebel und sah mit Augen, die viel schärfer waren als seine. Verwirrt zwinkerte er ein paarmal. Erst dann begriff er, dass das Bild von Essix kam.

Er sah mit den Augen des Falken!

Sein Mund klappte auf, leider gerade rechtzeitig für eine Fliege. Er nahm sie kaum wahr und spuckte sie wieder aus, so sehr staunte er über das, was soeben passiert war.

Er hatte gesehen, was Essix sah!

Am liebsten hätte er es den anderen sofort erzählt, doch dafür war keine Zeit. Die Sonne stand bereits höher als erwartet und sie waren später dran als geplant. In Kürze würde die Stadt zum Leben erwachen und ein neuer Arbeitstag beginnen. Sie mussten das Fischerdorf schleunigst verlassen und in der eigentlichen Stadt untertauchen, bevor es zu spät war.

„Die Sonne ist aufgegangen", flüsterte Rollan, an Tarik gewandt.

„Vielleicht sollten wir uns bis zum Einbruch der Dunkelheit irgendwo hier verstecken", meinte Conor nervös. „Wenn alle fischen gehen, stehen die Hütten leer."

„Keine gute Idee", sagte Rollan ungeduldig. „Die Frauen und Kinder bleiben zu Hause. Und es gibt bestimmt Patrouillen. Wir müssen von hier weg! Der Nebel wird gleich verdunsten."

„Rollan hat Recht", sagte Tarik und sah sich um. „Wenn

wir zwischen den Häusern weiterlaufen, sieht man uns vielleicht nicht. Im nächsten Viertel gibt es einen Markt. Wenn wir es dorthin schaffen …"

„Also los." Rollan wandte sich zum Gehen. Er wollte nicht warten, bis Conor noch einen blödsinnigen Vorschlag machte. „Mir nach."

„Moment." Tarik hielt ihn an der Schulter fest. „Ich gehe voraus. Falls ich von den Wächtern entdeckt werde, könnt ihr schnell verschwinden und euch in Sicherheit bringen."

„Nein", erwiderte Rollan fest. „Nimm es mir nicht übel, Tarik, aber du fällst auch ohne deinen grünen Mantel noch genug auf. Geh als Letzter und tu so, als wärst du unser Leibwächter."

Tarik krümmte den Rücken, schob das Kinn vor und zog den Kopf zwischen die Schultern. Er wirkte auf einmal brutal und grobschlächtig. Tarik schien gewiefter zu sein, als er ihm zugetraut hätte.

Rollan nickte zustimmend, lauschte kurz und ging hinter den Häusern entlang. Die anderen folgten ihm. Seine Sinne waren hellwach. Wie gut es tat, wieder in einer Stadt zu sein, wenn auch nur an ihrem Rand. Er würde den anderen zeigen, wie gut er sich hier zurechtfand, und sie zunächst einmal zum Marktviertel bringen.

Sie huschten hinter vier Holzhütten entlang und rannten durch den Nebel zu einer Reihe von Pfosten. Die Netze, die dort zum Reparieren aufgehängt waren, boten ihnen

Schutz und so kamen sie einige Meter ungesehen vorwärts. Doch dann blieb Rollan abrupt stehen. Er bedeutete den anderen mit erhobener Hand, ebenfalls anzuhalten, und starrte auf die Szene vor sich.

Der Nebel hatte sich beinahe vollständig aufgelöst und Rollan sah eine breite Straße, die das Fischerdorf von den Marktständen trennte. Auf der anderen Seite legten die Verkäufer bereits ihre Waren aus und begrüßten einander.

In der Mitte der Straße standen zwei Wachen, ein Mann und eine Frau. Beide sahen in ihren verschrammten Lederpanzern und zerbeulten Helmen wie typische Mitglieder einer Stadtwache aus. Doch das Seelentier, das neben der Frau saß, eine Art Hermelin, passte nicht in dieses Bild. Das konnte nur eines bedeuten: Die Frau gehörte zum Gefolge des Großen Schlingers, zu den Eroberern, die Xin Kao Dai besetzt hatten.

„Was tun wir jetzt?", flüsterte Conor.

Rollan hielt ungeduldig einen Finger an die Lippen. Womöglich hörte die Frau wegen des Hermelins besonders gut oder das Hermelin selbst könnte sie bemerken. Er dachte angestrengt nach.

Abeke bewegte die Hände, als schösse sie einen Pfeil ab. Ihr Bogen und der Köcher mit den Pfeilen waren unter den Schattenspielfiguren versteckt.

Rollan schüttelte den Kopf. In einer Stadt auf Wachen schießen? Dann wurden sie erst recht verhaftet. Sie durften die beiden nicht angreifen, sondern mussten sie irgendwie ablenken.

Er überlegte noch kurz, dann nahm er sein Bündel vorsichtig ab und stellte es hinter sich auf den Boden. Die anderen hatten sich, verborgen durch die Netze, um ihn versammelt.

„Ich werde die Wachen ablenken. Wenn sie weg sind, geht einfach über die Straße und zum Markt. Nehmt mein Gepäck mit. Wir treffen uns … beim größten Bäcker."

„Und wenn es keinen Bäcker gibt?", fragte Conor leise.

„Den gibt es immer", erwiderte Rollan ungeduldig.

„In Zhong?", fragte Abeke. „Hier essen sie kein Brot."

Daran hatte Rollan nicht gedacht. Bestimmt aßen sie etwas Ähnliches wie Brot.

Tarik stieß ihn an und zeigte über die Straße auf einen Turm, der in einiger Entfernung zwischen den Marktständen hervorragte. Rollan nickte erleichtert.

„Gut, wir treffen uns auf der Schattenseite dieses Turms. Ich finde euch schon. Essix erspäht euch ganz bestimmt."

„Es ist riskant, aber ich sehe keine andere Möglichkeit", sagte Tarik. „Sei vorsichtig, Rollan."

„Das bin ich doch immer", antwortete Rollan mit einem selbstbewussten Augenzwinkern.

Er zog sein Messer heraus, schnitt ein großes Viereck aus dem Netz, wickelte es sich wie einen Turban um den Kopf und ließ einen Teil davon über das Gesicht fallen. Dann zog er seine Seemannsjacke aus, drehte die hellere Innenseite nach außen und zog sie verkehrt herum wieder an.

„Wartet, bis sie hinter mir her sind", flüsterte er. Er trat unter den Netzen hervor und ging auf die Wachen zu. Die beiden unterhielten sich und bemerkten ihn zunächst nicht. Doch dann richtete das Hermelin sich auf und ließ ein Zischen hören.

Rollan schrie gellend auf, taumelte über die Straße und stieß gegen einen Stand, der Perlen und Ketten verkaufte. Mit einer Armbewegung wischte er Dutzende von Ketten und einen ganzen Regen von Perlen auf die Straße. Dann zeigte er auf das Hermelin und brüllte: „Das Tier hat mir Gift in die Augen gespuckt!"

Die beiden Wachen eilten ihm fluchend nach, das Hermelin sprang voraus. Rollan schüttete einen Korb mit Perlen vor ihnen aus, duckte sich unter den ausgebreiteten Armen des Verkäufers hindurch und verschwand in den Tiefen des Marktes.

„Gift! Gift!", hörte man ihn noch schreien.

Geheimzeichen

Sobald die Wachen hinter Rollan herrannten, traten Tarik, Abeke und Conor aus ihrem Versteck und schlenderten mit klopfenden Herzen über die Straße zum Markt. Sie rechneten fest damit, dass gleich jemand losschreien würde … doch niemand beachtete sie. Alle starrten auf die Schneise der Verwüstung, die Rollan und die beiden Wächter zurückgelassen hatten.

Als die Marktbesucher sich wieder ihren Besorgungen zuwandten, standen die drei verkleideten Grünmäntel in einer Schlange vor einem Stand mit warmem Essen an. Sie kauften ein aus Reis und Fleisch bestehendes Gericht, das auf einem grünen Blatt serviert wurde. Abeke fand, dass es köstlich roch, viel besser als das Essen auf dem Schiff.

„He, ihr Schattenspieler!“, rief der Verkäufer und schöpfte den würzigen Eintopf auf die bereitliegenden Blätter. „Wo tretet ihr auf? Meine Tochter geht so gern ins Schattentheater."

„In einem Wirtshaus vor dem Osttor", antwortete Tarik.

„Ah, im hellen Mond", sagte der Verkäufer. „Bester Reiswein von ganz Kho Kensit! Noch ein Grund, eure Vorstellung zu besuchen. Bitte sehr, drei Portionen."

Tarik gab ihm drei kleine Silbermünzen, die mit Absicht von drei verschiedenen Kontinenten stammten – Eura, Zhong und Amaya.

„Wir sind noch nicht lange hier", sagte er im Plauderton und reichte Conor und Abeke ihr Essen. „Ich habe mir schon Sorgen gemacht, weil so viel von den Eroberern und der neuen Regierung geredet wird. Aber hier scheint ja alles ruhig zu sein."

„Das stimmt", sagte der Verkäufer und senkte den Blick. „Geht weiter, los, hinter euch warten Leute."

Die drei verließen den Stand und mischten sich in das Gedränge der Marktbesucher. Abeke blickte noch einmal zu dem Verkäufer zurück und sah, dass er ihnen nachstarrte. Tariks Bemerkung musste ihn misstrauisch gemacht haben. Sie hoffte, dass er nicht gleich die Wachen alarmierte, sondern lieber weiter sein Essen verkaufte.

Die Sonne stieg höher und die Menschen strömten herbei, um auf dem Markt Einkäufe zu erledigen. In den schmalen Gassen zwischen den Ständen wurde es immer enger, lauter und staubiger.

„Hoffentlich haben die Wachen Rollan nicht erwischt", sagte Conor leise zu Abeke, als sie sich dem Turm näherten, der in der Mitte des Markts aufragte.

„Meilins Abreise hat ihn irgendwie durcheinandergebracht", sagte Abeke. „Aber ich bin mir sicher, dass er sich nicht erwischen lässt, jedenfalls ziemlich sicher …"

„Wir können alle erwischt werden", murmelte Conor mit einem ängstlichen Blick auf zwei Wächter, die an einem Stand in der Nähe Messer ausprobierten.

„Rollan sagte doch, auf der Schattenseite, nicht wahr?", fragte Abeke. Langsam machte sie sich ernsthaft Sorgen. Wo blieb Rollan?

Sie drehte den Kopf gerade nach links, da stand Rollan plötzlich neben ihr. Der Turban aus Fischernetz war verschwunden und er trug seine Jacke wieder richtig herum. Abeke starrte ihn an, während er sein Bündel schulterte.

„Danke fürs Mitnehmen", sagte er. „Seid ihr bereit, zum Osttor aufzubrechen?"

Tarik nickte. „Und die beiden Wachen?"

„Haben mich bis zu einer Grube verfolgt, in die die Händler ihren Abfall werfen. Dem Gestank nach zu urteilen eine besonders schlimme Grube. Dort sind sie, äh, gestolpert. Die tauchen so schnell nicht wieder auf."

„Gut gemacht, Rollan."

Rollan straffte stolz die Schultern. „Dann kommt", sagte er.

„Aber wir dürfen nicht leichtsinnig werden“, warnte Tarik, bevor Rollan losgehen konnte. „Bitte Essix, den Weg vor uns zu überprüfen.“

„Schon erledigt.“

„Und sie soll weiterhin möglichst hoch fliegen. Wenn jemand bemerkt, dass sie ein Seelentier ist …“

„Keine Sorge, Essix passt schon auf“, sagte Rollan ein wenig gereizt. Aber er wirkte insgesamt ruhiger und das beruhigte wiederum Abeke. Es kam jetzt darauf an, nicht aufzufallen. Verfolgungsjagden wie die, die Rollan gerade provoziert hatte, mochten in manchen Situationen notwendig sein, sie waren aber vor allem gefährlich.

„Gut, dass du die Wachen ablenken konntest“, sagte Abeke, während sie über den Markt spazierten und so taten, als wären sie harmlose Passanten. „Wahrscheinlich hast du in Concorba viele Erfahrungen gesammelt.“

Rollan bewegte die Hand in einer Wellenbewegung hin und her.

„Was bedeutet das?“, fragte Abeke.

„Ach, das ist ein Zeichen, das die Leute von der Straße verwenden“, erklärte Rollan. „Es bedeutet ‚nur wenig‘.“

„Wir verständigen uns bei der Jagd auch mit Zeichen“, sagte Abeke. „Wenn man sich an ein Tier anpirscht, darf man nicht reden.“

„Bringst du mir ein paar bei? Dann zeige ich dir die, die wir in Concorba verwendet haben.“

Sie tauschten im Gehen einige Handzeichen aus Amaya und Nilo aus. Einige waren sehr ähnlich. Für Rollan bedeutete eine rasche Drehung der linken Hand „Taschendieb“, für Abeke „in Deckung gehen“. Als am Ende einer Gasse Wachen patrouillierten und Abeke mit zwei Fingern auf einen leeren Stand zeigte, verstand er sie sofort. Gefolgt von den anderen, schlüpften sie hinein und verließen ihn durch die Hintertür wieder.

Ein Standbesitzer rief ihnen wütend etwas nach, als sie an ihm vorbeieilten. Abeke verstand kein Wort, sah aber den hasserfüllten Blick seiner Augen. Die Marktbesucher in der Nähe wirkten verängstigt.

Sie verließen das Marktviertel und Abekes ungutes Gefühl legte sich ein wenig. Auf einer im Zickzack ansteigenden Straße gelangten sie in ein wohlhabenderes Viertel mit richtigen Läden. Auf den Straßen herrschte weiterhin lebhafter Verkehr und die vier konnten sich problemlos unter die Menschen mischen. Allerdings fielen sie auf, denn ihre Kleider waren noch nass vom Meer und die zerlegten Schattenfiguren ragten über ihren Köpfen auf.

Als sie sich dem Osttor näherten, ließ der Strom der Fußgänger nach. Rechts und links verlief die Stadtmauer, das gewaltige Torhaus stand in der Mitte. Darüber wehte eine Fahne mit dem Wappen der Eroberer. Das Tor war nur zur Hälfte geöffnet, einer der beiden Flügel war geschlossen. In der Öffnung standen Wachen, die alle Passanten kontrollierten. Auf beiden Seiten des Tors warteten geduldig Menschen.

„Vergesst eure Namen nicht", sagte Tarik leise. Er meinte die falschen Namen, die sie sich auf dem Schiff eingeprägt hatten. „Wir sind Schattenspieler und geben eine Vorstellung im Wirtshaus zum hellen Mond."

Sie rückten in der Schlange vor und er sagte nichts mehr. Im Tor waren ein halbes Dutzend Wächter postiert, die jeden Reisenden gründlich überprüften. Zwei von ihnen hatten Seelentiere: Neben einem Mann stand ein bissig aussehender, gedrungener Hund, der an jedem Reisenden schnüffelte, und auf der Schulter einer Frau saß eine dicke Spinne, deren Spinnfäden in einem kräftigen Strang herunterhingen.

„Name und Zweck der Reise?", schnarrte der Wächter mit dem Hund.

„Mosten", sagte Tarik. „Schattenspieler, unterwegs zu einer Vorstellung im Wirtshaus zum hellen Mond. Das sind meine Lehrlinge Olk, Snan und Pahan."

Der Hund schnüffelte an Tarik und den anderen. Doch anstatt sich danach hinzusetzen, schnüffelte er noch einmal an jedem von ihnen, besonders an Abeke. Er blickte zu ihr auf und knurrte.

„Smagish mag dich nicht", brummte der Wächter. „Du riechst komisch."

„Ich habe gerade mit einem Kätzchen gespielt", erklärte

Abeke rasch. „Ich wollte es kaufen, aber Mosten hat es nicht erlaubt. Er meinte, wir müssten unser Geld für nützliche Dinge ausgeben."

„Geld?", fragte der Wächter. „Ihr habt Geld?"

Tarik nickte. „Natürlich. Die wollten für das Kätzchen fünf Silbergroschen. Das ist Wucher."

„Hm, ihr wollt es also für etwas Nützliches ausgeben", murmelte der Wächter. „Da fällt uns schon etwas ein. Zeig mir das Geld!"

Tarik hielt ihm fünf Silbermünzen auf seinem Handteller hin. Der Wächter sah sich rasch um, dann sammelte er die Münzen ein.

„Das ist eine Gebühr", sagte er. „Dafür, dass ihr mit Katzen spielt und meine Zeit verplempert. Verschwindet."

Sie wollten gerade weitergehen, da rief die Frau mit der Spinne plötzlich: „Halt!"

Rollan blieb stehen, darauf gefasst, dass die Frau zu einer Waffe griff oder die Spinne ihn ansprang. Doch die Spinne bewegte sich nicht und die Frau sah sie nur abwartend an.

„Und ich?", fragte sie. „Wo bleibt mein Anteil?"

„Aber wir haben zusammen nur noch drei Silbergroschen", jammerte Rollan.

„Gib sie mir!"

Tarik zuckte mit den Schultern, tat so, als müsste er lange nach seiner Geldbörse suchen, und holte widerwillig einige Münzen heraus. Die Frau nahm sie mürrisch entgegen.

„Sie könnten ihr eine abgeben", schlug Rollan dem Wächter mit dem Hund vor. „Dann hätten Sie beide vier."

„Das war mein Anteil", erwiderte der Mann.

„Gib mir eine!", forderte die Frau.

Sie begannen zu streiten. Rollan ging weiter und gab Abeke durch ein Handzeichen zu verstehen, dass sie sich beeilen sollten. Das Zeichen wäre allerdings nicht nötig gewesen. Sie eilten durch das Tor und ließen die beiden streitenden Wachen hinter sich zurück.

Zu ihrer Überraschung entdeckte Abeke Dutzende kleiner Häuschen, die sich von außen an die Stadtmauer schmiegten. Eigentlich sollten die Mauer und der Platz davor der Verteidigung der Stadt dienen. In einer euranischen Stadt wäre niemand auf die Idee gekommen, ausgerechnet an dieser Stelle Wohnhäuser zu errichten.

Schmale Türen führten in Hütten, die kaum größer als Hühnerställe waren, hier aber ganze Familien beherbergen mussten. Menschen stritten sich mit struppigen Hunden, die mehr wie Ratten aussahen, um Essensabfälle. Offenbar wohnten hier die Ärmsten der Armen.

Vermutlich war man davon ausgegangen, das Gelände im Fall eines feindlichen Angriffs rechtzeitig räumen zu können. Die Hütten mit ihren provisorischen Dächern und Wänden ließen sich sicher schnell abreißen. Doch offensichtlich war es nicht dazu gekommen und jetzt herrschten die Eroberer in der Stadt.

„Igitt!", sagte Abeke und rümpfte angeekelt die Nase, weil es nach Jauche stank. In ihrem Dorf wäre dieser Schmutz nicht geduldet worden. „Ich wollte nur noch raus aus der Stadt, aber hier ist es ja noch schlimmer."

„Wir kommen bald aufs Land", sagte Tarik leise. „Wir treffen uns nur noch mit dem Boten, damit wir wissen, wohin wir müssen."

„Ist das das Wirtshaus?" Rollan zeigte auf ein großes Gebäude, das aus dem Gewimmel der Hütten herausragte. Es war von einer niedrigen Mauer umgeben, wohl um sich von dem Elendsviertel abzugrenzen. Über dem hölzernen Eingangstor hing ein Schild mit einer Mondsichel, die hinter einem Berg aufging.

„Ja", sagte Tarik. „Aber wir werden wie gesagt nicht lange bleiben. Ich suche nur den Boten, dann ziehen wir so schnell wie möglich weiter."

Sie gingen durch das Tor und blieben wie angewurzelt stehen. Auf dem Hof des Wirtshauses wimmelte es von Soldaten. Dutzende von ihnen hockten auf umgedrehten Fässern und um sie herum standen, saßen und lagen ihre Seelentiere.

Das hier war ein Lager des Feinds!

Das Wirtshaus zum hellen Mond

Conor wollte schon umkehren, aber Tarik hielt ihn am Arm fest.

„Wenn wir weglaufen, machen wir uns nur verdächtig“, flüsterte er.

Rollan gab ihm Recht. „Wir müssen so tun, als würden wir hierhergehören. Geh weiter!“

Dicht hintereinander liefen sie durch die schmale Gasse zwischen den Soldaten zur Eingangstür des Wirtshauses. Köpfe drehten sich in ihre Richtung, Gespräche verstummten und sie spürten die Blicke von Menschen und Tieren auf sich ruhen. Zwei Wiesel unterbrachen ihren Kampf und wandten sich ihnen zu. Eine dünne Schlange, die sich um den Hals eines Soldaten geschlungen hatte, hob züngelnd den Kopf und sah sie starr an, als spürte sie, dass mit ihnen etwas nicht stimmte.

Conor bereitete sich innerlich darauf vor, sofort Briggan zu rufen, falls ihre Tarnung aufflog. Sich zu verstecken war schön und gut, aber wenn ihm nichts anderes übrig blieb, würde er kämpfen.

Tarik schickte sich gerade an, die Treppe zum Eingang hochzusteigen, da flog die Tür auf. Dahinter kam ein hochgewachsener Mann zum Vorschein, der der Wirt sein musste. Er trug eine schmutzig weiße Schürze und einen Gürtel, an dem mehrere Becher hingen. Erleichtert hob er die Arme.

„Schattenspieler!", rief er. „Ich habe Schauspieler angefordert, Sänger, irgendetwas! Aber Schattenspieler sind ideal. Wie viel kostet eine Vorstellung und könnt ihr gleich anfangen?"

Tarik sah ihn verblüfft an, aber Rollan sprang in die Bresche.

„Ein Dutzend Silbergroschen und ein Abendessen", sagte er. „Allerdings muss es zuerst noch dunkler werden. Sagen wir die sechste Stunde."

„Abgemacht!", rief der Wirt und ließ den Blick über die Soldaten wandern, die sich wieder ihren Kartenspielen, Getränken und Gesprächen zugewandt hatten. „Ich bin Bowzeng. Eine Truppe von fünfzig Eroberern wurde bei mir einquartiert und die Soldaten langweilen sich hier nur. Sie brauchen dringend Ablenkung, bevor sie mir noch das Mobiliar kurz und klein schlagen. Kommt rein."

Er drehte sich um und ging polternd voraus. Abeke zog Rollan am Ärmel.

„Spinnst du?“, flüsterte sie. „Wir können doch gar nicht spielen!“

Conor nickte heftig. Er hatte dem Schiffszimmermann zwar beim Bau der Figuren geholfen, sie aber nie ausprobiert.

„Müssen wir ja auch gar nicht“, sagte Tarik leise. „Rollan weiß schon, was er tut. Geht ihm nach.“

Rollan strahlte über das Lob des erfahrenen Grünmantels und Conor spürte einen eifersüchtigen Stich. Das Schattentheater war seine Idee gewesen. Ohne es wären sie schon längst aufgeflogen!

Im großen Gastraum des Wirtshauses saßen weitere Soldaten. Bowzeng zeigte auf eine erhöhte Plattform am anderen Ende.

„Dort könnte ihr eure Leinwand aufhängen“, sagte er. „An der Decke sind Haken. Ich kündige die Vorstellung jetzt an … äh … wie heißt ihr?“

„Mostens fabelhaftes Schattentheater“, sagte Rollan. „Wir hängen die Leinwand auf und machen uns bereit, aber wie gesagt, es ist noch zu hell.“

„Wir könnten die Fensterläden schließen“, schlug Bowzeng vor und sah sich um.

Die Soldaten tranken, spielten mit Karten und Würfeln und brachen gelegentlich in heftigen Streit aus. Viele von ihnen waren Gezeichnete. Einige der Seelentiere befanden sich im Ruhezustand, andere saßen neben ihren Partnern. Seinem unruhigen Blick nach zu urteilen, schien Bowzeng damit zu rechnen, dass die Soldaten jederzeit ausrasten konnten.

„Aber wir brauchen sowieso noch Zeit für die Vorbereitung", erwiderte Rollan mit einer wegwerfenden Handbewegung. Er ging den anderen voraus zur Bühne, stellte sein Gepäck auf den Boden, half Abeke mit ihrem und nahm Conor das zusammengerollte Segel ab. „Wir wollen Sie nicht länger aufhalten, Meister Bowzeng."

Der Wirt schien besorgt, entfernte sich aber geschäftig. „Nachschub für unsere Ehrengäste!", rief er.

„Hängt die Leinwand auf", flüsterte Rollan, an Abeke gewandt. Conor wusste, dass damit auch er gemeint war. Rollan wollte ihn nur nicht ansehen. „Äh, ich finde, wir sollten einige Löscheimer neben die große Laterne stellen, Mosten. Sollen wir welche suchen?"

Tarik nickte und die beiden machten sich in Richtung Küche davon.

„Dann los", sagte Abeke und sah Conor aufmunternd an. Conor zuckte zusammen. Er war in Gedanken noch bei Rollan gewesen, der ihn so bewusst ignorierte. Aber solchen Gedanken nachzuhängen war nie hilfreich. Er begann das Segel zu entrollen. Abeke fasste am anderen Ende an und half ihm dabei.

Nach einigen Fehlversuchen schafften sie es schließlich, das Segel einigermaßen gleichmäßig vor die Bühne zu hängen. Sie hatten dahinter gerade die Laterne auf einen Hocker gestellt, da kehrten Tarik und Rollan zurück. Beide trugen große Holzeimer, aus denen Wasser schwappte.

Durch die Leinwand von den Soldaten abgeschirmt, versammelten sie sich um ihre Bündel und fingen an, die einzelnen Teile der Schattenfiguren herauszuziehen.

„Ich habe den Boten gesprochen“, flüsterte Tarik. „Wir haben vor einigen Jahren einmal zusammengearbeitet, deshalb hat er mich sofort erkannt. Er arbeitet hier als Koch und hat gute Nachrichten: Einer unserer besten Leute, eine Frau namens Lishay, hat Dinesh gefunden. Wir müssen uns so schnell wie möglich mit Lishay treffen. Das Treffen soll tief im Innern von Kho Kensit stattfinden, eine ziemliche Strecke von hier entfernt. Glücklicherweise können wir einen Teil des Wegs auf Flüssen und Kanälen zurücklegen. Im Dschungel von Kho Kensit kommt man sonst nur langsam voran.“

„Wenn wir die Figuren hierlassen, geht es schneller“, meinte Abeke.

„Einverstanden“, sagte Conor, dem es nur recht war, wenn er die schwere Leinwand nicht mehr schleppen musste. „Wir können durch die Hintertür verschwinden und sind schon weit weg, bevor jemand etwas bemerkt.“

„Genau mein Plan“, sagte Rollan mit einem zufriedenen Grinsen. „Tarik sagte doch, wir bräuchten nicht aufzutreten.“

Sie leerten ihre Bündel und lehnten die Figuren an die schmutzige Wand. Als einige Soldaten ein besonders derbes Lied anstimmten und alle grölend in den Refrain einfielen, nutzten sie die Gelegenheit und schlüpften durch eine Hintertür in der Küche nach draußen.

Sie gelangten in eine Gasse, in der leere Fässer, zerbrochene Töpfe und anderer Müll des Wirtshauses herumlagen.

„Seht ihr? Ganz leicht“, sagte Rollan, immer noch grinsend.

„Wir hatten Glück“, gab Tarik zu bedenken. „Ich glaube, der Wirt hatte Recht. Er bekommt heute Abend noch Ärger.“

„Vor allem, wenn wir nicht auftreten“, stimmte Conor zu. „Er tut mir fast schon leid.“

„Das Einzige was zählt ist, dass wir unseren Auftrag erfüllen“, sagte Rollan. „Das gilt jedenfalls für die meisten von uns.“

„Was soll das heißen?“, fragte Conor empört.

„Genau das, was ich gesagt habe“, erwiderte Rollan leichthin.

„Ich weiß, was du gemeint hast!“, rief Conor.

„Rollan hat Recht“, sagte Abeke, sah Conor dabei allerdings entschuldigend an. „Wir haben einen Auftrag. Der Löwenjäger darf nicht zum Löwen werden."

„Und was heißt *das?*", fragte Rollan.

„Das ist eine alte Redensart aus meinem Dorf. Manchmal, wenn man nicht aufpasst, verwandelt man sich in das, was man bekämpft."

„Aber wir passen auf. Und jetzt sind wir in Sicherheit."

„Noch nicht", erwiderte Tarik. „Ein Kahn wartet auf uns, aber zum Kanal müssen wir die Straße noch ein gutes Stück bergab gehen. Ohne die Schattenfiguren fallen wir auf und das ist gefährlich."

Rollan mochte in einer großen Stadt gelebt haben, aber Conor war auch nicht in völliger Abgeschiedenheit aufgewachsen. Er kannte sich aus mit Menschen. Und er würde Rollan beweisen, dass er ebenfalls gute Ideen hatte.

Er zeigte auf den Müll. „Wir tun so, als ob wir Ladung zum Schiff tragen."

Er hob ein kleines Fass auf. Rollan nahm einen Reisweinkrug, Abeke einen Sack, den sie so drehte, dass man das Loch auf der Rückseite nicht sah. Tarik wählte eine Kiste. Er stellte sein Bündel hinein und hievte sie sich auf die Schulter.

Sie wollten gerade gehen, da ertönte eine Stimme von der Hintertür.

„Wohin wollt ihr?", lallte jemand. „Ihr gebt doch gleich eine Vorstellung!"

In der Tür stand ein Soldat, ein wahrer Hüne, und sah sie böse an.

Rollan, Abeke und Conor handelten genau gleichzeitig, ohne dass sie sich absprechen mussten.

Conor trat zur Seite und schleuderte sein Fass gegen die Füße des Mannes, sodass dieser das Gleichgewicht verlor. Abeke öffnete ihren Sack und stülpte ihn dem Soldaten über den Kopf, um seine Schreie zu dämpfen. Rollan schlug mit seinem Krug auf den in das Sackleinen eingewickelten Kopf. Der Mann sackte bewusstlos zusammen.

„Bravo!“, lobte Tarik.

Die drei Kinder wechselten Blicke und Rollan grinste Conor an. Conor lächelte zögernd zurück und fühlte eine Last von sich abfallen. Doch dann schien Rollan sich zu besinnen und runzelte die Stirn. Conors Lächeln erstarb. Aus dem Wirtshaus drangen lauter werdende Stimmen. Die drei versorgten sich rasch mit einem neuen Fass, einem Sack und einem Krug und eilten die Gasse entlang.

Hinter ihnen flog die Tür auf.

„He!“

„Hier rein!“, rief Tarik und bog nach links in eine schmale Gasse ein. Conor hörte hinter sich einen dumpfen Aufprall, doch er drehte sich nicht um. Schwere Schritte folgten ihnen und er musste sich aufs Laufen konzentrieren.

Eine Pfeife schrillte einmal und dann noch einmal lauter, und plötzlich kamen ihnen vom anderen Ende der

Gasse Soldaten entgegen, die durch das Signal ihrer Landsleute alarmiert worden waren.

„Hier durch." Tarik schlüpfte durch ein Tor in einen gepflasterten Hof voller Schweine. Das Pflaster war glitschig. „He!", rief Tarik, um die Schweine aufzuscheuchen. „He!"

Sie bogen in eine weitere Gasse ein und diesmal warf Conor einen raschen Blick zurück. Zwei Eroberer waren ihnen dicht auf den Fersen. Der erste stolperte über ein Schwein, der zweite rutschte auf dem Pflaster aus.

Conor grinste und folgte rasch den anderen, die hinter Tarik herrannten.

Doch schon im nächsten Augenblick schrie er erschrocken auf, denn aus einer Tür rechts von Conor stürmte ein Eroberer und packte ihn an den Haaren. „Hab ich dich!"

Conor riss sich los und stieß dem Mann das Fass ins Gesicht. Der Mann versperrte ihm den Weg zu den anderen, deshalb drehte Conor sich, ohne nachzudenken, um und rannte in die andere Richtung, so schnell ihn seine Beine trugen. Der Eroberer folgte ihm brüllend und schwerfällig, aber furchterregend schnell.

Am Ende der Gasse angelangt, bog Conor kurz entschlossen nach rechts ab. Vor ihm ragte die Stadtmauer auf und überall waren Menschen. Er schlängelte sich zwischen ihnen hindurch, konnte den Eroberer aber nicht abschütteln. Unsanft stieß er einige Passanten zur Seite, die empört protestierten.

Die Angst verlieh ihm Flügel. Trotzdem meinte er den Atem seines Verfolgers schon im Nacken zu spüren und er spannte die Schultern in Erwartung einer Faust oder womöglich eines Messers an …

Vor ihm traten zwei weitere Eroberer in die Gasse und hoben die Waffen. Ihre Seelentiere, eine Katze und eine Kragenechse, fauchten und zischten angriffslustig. Conor konnte nicht allein gegen sie kämpfen, er musste fliehen – nur wohin? Er war auf allen Seiten von Wänden umgeben, den dünnen, schmalen Wänden der Barackenstadt von Xin Kao Dai.

Das brachte ihn auf eine Idee. Die Wände waren nicht aus festem Stein gemauert wie zu Hause, sondern buchstäblich papierdünn. Notfalls konnte er durch sie hindurchbrechen. Andere Wände bestanden nur aus Vorhängen. Er schob einen zur Seite und rannte in die Hütte dahinter.

Ein junger Mann saß an einem Tontopf über einem kümmerlichen Feuer und rührte in einer dünnen Schleimsuppe. Überrascht hob er den Kopf.

„Entschuldigung“, keuchte Conor und sprang durch die Wand zur nächsten Hütte.

Hinter sich hörte er Papierwände reißen.

Er verschnaufte kurz und sah sich mit aufgerissenen Augen um, auf der Suche nach einem Ausweg.

Eine Hand griff nach seiner und er blickte nach unten.

Ein kleines Mädchen versuchte, ihn mit sich zu ziehen. Eine ältere Frau hinter dem Kind nickte und scheuchte sie mit den Händen davon.

Das Mädchen zog stärker an ihm. Das Ratschen des zerreißenden Papiers wurde lauter und kam näher.

Conor ließ sich von dem Mädchen wegführen. Es hüpfte ihm voraus durch verschiedene Tunnel aus Stoff und Papier, die sie immer tiefer in die Barackenstadt führten, ein Labyrinth, in dem er sich allein hoffnungslos verirrt hätte. Sie kamen an anderen Bewohnern vorbei, aber niemand hielt sie auf.

Allmählich blieb der Lärm der Verfolger hinter ihnen zurück. Doch das Mädchen zog weiter an seiner Hand und er folgte ihm bis zum Ende der Barackenstadt. Vorsichtig schob das Mädchen einen braunen Vorhang zur Seite. Conor musste sich erst wieder an die unerwartete Helligkeit draußen gewöhnen. Verwirrt starrte er auf das Bild, das sich ihm bot.

Vor ihm erstreckte sich der Kanal, auf dem ein schwer mit Tuchballen beladener Kahn lag. Am Ufer standen seine Gefährten. Ihre Gesichter waren angespannt, und Abeke blickte immer wieder suchend die Straße entlang. Vor allem Rollan wirkte besorgt – oder ärgerte er sich nur? Conor konnte es nicht beurteilen.

„Danke", sagte er zu dem Mädchen. Er wünschte, er hätte ein paar von den Silbermünzen dabeigehabt, die Tarik den

Torwachen gegeben hatte, aber das Mädchen wartete gar nicht auf eine Belohnung. Es lächelte nur kurz, drehte sich um und verschwand im Dunkel.

Conor trat nach draußen, winkte den anderen zu und eilte über die breite, von allen Seiten einsehbare Straße, die ihn noch vom Ufer trennte. Dieser Kahn sollte sie also in den Dschungel bringen, zu Dinesh und seinem Talisman, dem Schieferelefanten.

Xue

Die Nacht brach herein und die Ratten krochen durch den Bambus und fraßen die auf den Boden gefallenen Blüten. Meilin trat nach ihnen, bewirkte in ihrem geschwächten Zustand aber nur, dass sie ein wenig zurückwichen. Ihr Magen war ein schmerzendes Loch, ihre Kehle fühlte sich an, als hätte sie einen Dornbusch verschluckt, und ihre Glieder waren schwer und wie abgestorben. Die Ratten schätzten sie trotz ihres Kampfstabs nicht als Bedrohung ein. In dumpfer Verzweiflung überlegte Meilin, wie lange es wohl noch dauern würde, bis die Ratten sie als Mahlzeit betrachteten.

Sie zählte die Tage nicht mehr. Wieder einmal stand sie an einer Kreuzung im Großen Bambuslabyrinth und wusste nicht, welchen Weg sie nehmen sollte. All ihre bisherigen Versuche aus dem Labyrinth herauszufinden oder wenigstens auf Wasser oder Nahrung zu stoßen waren vergeblich gewesen.

Jhi setzte sich schwerfällig, legte Meilin die Tatze auf die Hüfte und zog sie ebenfalls nach unten.

Meilin versteifte sich, doch dann gab sie nach und sank willenlos auf ein Bett von Bambusblüten. Sie hatte keine Kraft mehr, sich gegen ihr Seelentier zu wehren.

Jhi legte eine Tatze ans Ohr und bewegte den Kopf langsam hin und her.

„Lauschen? Ich soll lauschen?", fragte Meilin. „Auf was denn?" Sie runzelte die Stirn, gehorchte aber.

Zuerst hörte sie nur das leise Rascheln des Bambus, durch dessen Wipfel in diesem Moment eine sanfte Brise fuhr. Weiter unten dagegen regte sich kein Lüftchen und es blieb schwül und drückend.

Sie hörte die Ratten durch den Bambus trippeln und gelegentlich quieken, wenn sie aneinandergerieten. Die Ratten fraßen sich scharenweise an den heruntergefallenen Blüten satt, während sie verhungerte.

Jhi lehnte sich an sie und Meilin spürte, wie ihr Zorn und ihre Verzweiflung nachließen. Ruhe überkam sie und sie merkte auf einmal, dass sie im selben Rhythmus atmete wie der Panda. Frieden erfüllte sie und das verdankte sie der Verbindung mit ihrem Seelentier.

Sie wusste nicht, wie lange sie so dasaß und lauschte. Als Jhi schließlich aufstand, war es Nacht und eine Ratte knabberte an der Spitze von Meilins linkem Schuh. Sie schlug mit ihrem Kampfstab nach ihr und die Ratte brachte sich hastig und mit einem lauten Rascheln in Sicherheit.

Im Labyrinth war es stockfinster. Kein einziger Stern schien durch das Dickicht. Meilin sah nichts mehr, nicht einmal die Hand, die sie sich vor die Augen hielt. Sie stand ebenfalls auf und hielt sich an Jhis Nackenfell fest. Trotz der Dunkelheit und der Ratten und trotz des nagenden Hungers war sie immer noch von einer inneren Ruhe erfüllt. Wie Statuen standen sie da, der Panda und das Mädchen, und atmeten kaum. Aus der Ferne kam ein leises Geräusch und Meilins Herz begann zu klopfen. Denn das, was sie hörten, konnte unmöglich durch ein Tier oder den Wind erzeugt werden. Es war ein metallisches Klirren wie von einer Gabel auf einem Blechteller.

„Da ist jemand", flüsterte Meilin.

Die Pandabärin erwachte aus ihrer Starre und ging los.

Meilin streckte den Arm aus. „Wohin willst du?"

Jhi blieb stehen. Meilin hielt sich an ihrem Fell fest und gemeinsam setzten sie sich wieder in Bewegung. Meilin verließ sich darauf, dass ihr Seelentier den Weg auch im Dunkeln finden würde.

Es war seltsam befreiend, Jhi einfach nur nachzugehen. Meilin sah weder die undurchdringlichen Wände aus Bambus noch die Wegkreuzungen. Sie konnte also auch nicht in Panik geraten, weil sie nicht wusste, in welche Richtung sie gehen sollte.

Sie schloss die Augen und setzte ihr ganzes Vertrauen auf Jhi. Noch am Vortag hätte sie sich wahrscheinlich beschwert und sie gefragt, wohin sie sie brachte, ob sie überhaupt ein Ziel hatte. Nicht so an diesem Abend. Vollkommen ruhig und mit geschlossenen Augen folgte sie dem Tier.

Jhi änderte die Richtung und Meilin streifte mit der Schulter einige Bambusstämme, aber nur ganz leicht. Mit Einbruch der Nacht war es kühler geworden. Alles war still.

Meilin hätte nicht sagen können, wie lange sie in Richtung des leise klirrenden Geräuschs marschierten. Sie ließen sich Zeit und gelegentlich blieb Jhi stehen und langte zwischen den dicken Stämmen hindurch nach einem kleineren Bambus, den sie zu sich hinunterzog und abbrach, bis sie zu den saftigen Trieben an der Spitze kam. Dabei regnete es jedes Mal Blüten und kleine Insekten auf Meilin.

Das Klirren wurde lauter und deutlicher und Jhi schien bei jeder Kreuzung genau zu wissen, welche Richtung sie einschlagen musste. Meilin hätte gern gewusst, was das Geräusch verursachte. Es war leise und schwach, aber eindeutig metallisch. Und ganz bestimmt hätte sie es nie gehört, wenn sie weiter im Wald herumgeirrt und verzweifelt immer wieder andere Wege gegangen wäre.

Jhi bog erneut um eine Ecke und Meilin sah durch ihre

geschlossenen Lider einen schwachen Schein. Sie öffnete die Augen und erblickte vor sich die Flammen eines Lagerfeuers. Darüber stand ein eiserner Dreifuß, an dem ein Kessel hing, wie man ihn auf Reisen benützte. Eine kleine, gebeugte Gestalt rührte den Inhalt des Kessels mit einer langen Schöpfkelle aus Blech um. Die Kelle verursachte das Geräusch, das Meilin gehört hatte. Sie schlug nicht mit einem lauten Klingen gegen den Kessel, sondern fuhr eher mit einem sanften Scharren stetig an seinem inneren Rand entlang.

Meilin näherte sich dem Feuer und erkannte, dass die gebeugte Gestalt eine alte Frau mit silbernen Haaren war, die sich in einen schwarzen Mantel gehüllt hatte. Neben ihr lehnte an einem Bambusstamm ein großes Bündel mit Töpfen, Pfannen, Löffeln und Messern, eine Art Reiseküche. Die Frau kochte. Meilin wusste nicht, was in dem Kessel war, aber es duftete köstlich.

Schlagartig, wie ein Hieb in den Magen, kehrte der Hunger zurück, den sie während des langen Marsches mit Jhi ganz vergessen hatte. Nur mit Mühe konnte sie sich aufrecht halten.

„Sei gegrüßt, alte Mutter", krächzte sie höflich. Ihre Stimme klang in ihren Ohren kaum noch menschlich, so ausgetrocknet war ihre Kehle. „Darf … eine Reisende, die sich verirrt hat, um ein wenig Essen und Wasser bitten? Ich habe auch Geld und kann bezahlen."

Die Frau drehte sich um und betrachtete Meilin im flackernden Schein der Flammen mit ihren schwarzen Augen eingehend. Dann wanderte ihr Blick zu Jhi.

„Bezahlen?", wiederholte sie. „Wer einem Bedürftigen hilft, erwartet keine Bezahlung und sollte auch keine verlangen. Komm, setz dich zu mir ans Feuer und teile mit mir Essen und Wasser."

„Danke." Meilin wurde vor Erleichterung und Erschöpfung ganz schwach in den Knien und sie sank langsam neben die Frau. „Ich bin Meilin. Und das ist …"

„Jhi", fiel die Frau ihr ins Wort. Sie reichte Meilin eine kleine, aber schön gearbeitete Porzellantasse und füllte sie mit kaltem, klarem Wasser aus einem Trinkschlauch. „Ich habe gehört, die Großen Tiere seien zurückgekehrt. Ich bin … nenn mich einfach Xue."

Meilin hörte sie kaum. Das Wasser funkelte im Licht des Feuers wie ein magischer Gegenstand, klar und rein wie ein Bergkristall, der das Licht der roten und gelben Flammen einfing. Als sie die Tasse an die Lippen führte, musste sie sich beherrschen, sie nicht in einem Zug zu leeren. Ihr wäre davon nur übel geworden. Stattdessen nippte sie daran, nahm einen kleinen Schluck und ließ ihn langsam die Kehle hinunterrinnen. Ihr ganzer Körper atmete auf und sie hätte weinen mögen vor Glück. Vielleicht hatte das Wasser ja wirklich magische Kräfte. Jedenfalls schmeckte es ihr besser als die süßeste Limonade.

Dann hatte sie die Tasse leer getrunken und hielt sie Xue mit zitternden Händen hin. Xue füllte sie noch dreimal, bis Meilin schließlich das Gefühl hatte, ihren Durst vorerst gelöscht zu haben.

„Möchtest du von meinem Eintopf kosten?", fragte Xue.

„Sehr gern", sagte Meilin. „Er riecht köstlich. Aus was für Zutaten besteht er?"

„Aus Ratten und Baumbussprossen", sagte Xue. „Anderes Fleisch ist im Wald zurzeit nicht zu finden, nur viele Tausend Ratten, die die Blüten fressen."

„Ach so." Meilin zögerte, doch dann sagte sie entschlossen: „Ich hätte gern etwas davon, Frau Xue."

„Nur Xue", erwiderte die Alte. Sie drehte sich zu ihrem Bündel um und zog aus einer gepolsterten Tasche eine schöne Porzellanschale und einen dazu passenden Löffel. Mit der Kelle schöpfte sie eine kleine Portion in die Schale und gab sie ihr.

Meilin tauchte den Löffel hinein und führte ihn zum Mund. Im selben Augenblick fiel von oben eine Blüte in den Eintopf. Xue beugte sich vor und fischte sie mit zwei spitzen Essstäbchen heraus, die sie offenbar so schnell aus dem Ärmel gezogen hatte, dass es Meilin gar nicht aufgefallen war.

„Der Bambus stirbt und schmückt sein Grab mit Blüten", sagte Xue. „Das Labyrinth musste schon lange Zeit nicht mehr neu angepflanzt werden."

„Aber wer wird es diesmal erneuern?", fragte Meilin bitter. „Der Schlinger und seine Eroberer haben Zhong vernichtet. Sie haben die Mauer überrannt und jetzt stirbt auch noch das Labyrinth."

„Noch ist nicht alles verloren", erwiderte Xue. „Die Armee des Schlingers ist wie die Haut auf einem Reispudding, eine dünne Decke, die man leicht entfernen kann. Außerdem gibt es in Zhong immer noch Menschen, die Widerstand leisten."

Meilin fuhr hoch. „Weißt du, wo sie sich aufhalten?", fragte sie. „Die Gegner des Schlingers?" Jetzt, wo sie etwas im Magen hatte, erwachte wieder ihre alte Tatkraft. „Ich bin auf der Suche nach ihnen und will ihnen helfen! Wo finde ich sie?"

Xues Blick wanderte zu Jhi, die zufrieden an einem Bambusschössling kaute. Die Ohren des Pandas zuckten.

„Sie haben unweit von hier ein Lager", sagte Xue. „Im Labyrinth hat es schon immer geheime befestigte Orte gegeben. Die Gegner des Schlingers sammeln sich in der südlichen Festung."

„In der südlichen Festung?", fragte Meilin ungläubig. „Aber … aber wir sind doch im nördlichen Teil. Ich habe das Labyrinth durch den Nordeingang betreten."

„Unmöglich. Von dort kannst du nicht hierhergekommen sein. Du musst den südwestlichen Eingang benützt haben."

Meilin starrte die Alte an.

„Kein Wunder, dass ich mich verirrt habe!“, rief sie fassungslos. „Ich bin der Wegbeschreibung für einen anderen Teil des Labyrinths gefolgt.“

„Zum Glück hat Jhi dich begleitet“, sagte Xue. „Pandas verirren sich in einem Bambuswald nie, nicht einmal, wenn er als Labyrinth angelegt wurde.“

Meilin nickte. „Ich habe nur nicht auf sie gehört oder jedenfalls am Anfang nicht.“

„In der Stille fängt man an zu denken“, erklärte Xue. „Iss deinen Eintopf und schlaf dich aus. Morgen Früh bringe ich dich zur südlichen Festung.“

„Danke“, sagte Meilin. „Ich … ich weiß nicht, was ich ohne deine Hilfe getan hätte.“

„Du hast doch Jhi“, sagte Xue, als verstehe sie gar nicht, wovon Meilin redete.

Meilin nickte und wandte sich an Jhi, die gerade einen weiteren Bambusstängel zu sich herunterzog. „Danke, Jhi.“

Jhi ließ sich nicht beim Fressen stören, aber Meilin spürte, wie Wärme sie durchströmte, wie eine Art geistige Umarmung. Sie lächelte, legte sich neben ihr Seelentier und schlief sofort ein.

Zwei Tiger

„Mir gefällt es in diesem Dschungel nicht", sagte Rollan. „Eine Stadt ist mir allemal lieber."

„Wirklich?", fragte Abeke überrascht. „Ich bin natürlich auch lieber zu Hause, dort ist es nicht so feucht und neblig. Aber es ist hier immer noch besser als in jeder Stadt. Uraza gefällt es hier auch."

Zwei Tage waren seit ihrer Flucht aus Xin Kao Dai vergangen. Die drei Kinder saßen am Bug eines langsamen, aber bequemen Flusskahns. Sie hielten sich unter einer dünnen Markise mit Vorhängen an den Seiten auf. Diese schützte sie vor der Sonne, vor den Insekten des Dschungels, die durch das Wasser in Scharen angezogen wurden – und vor neugierigen Blicken. Briggan saß neben Conor. Misstrauisch beäugte der Wolf das Ufer mit seinen blauen Augen. Uraza lag ausgestreckt zu Hälfte auf Abekes Schoß, zur anderen Hälfte auf einem Gewürzballen, einem von vielen, die sich auf dem Deck des Kahns stapelten. Essix schwebte natürlich irgendwo über ihnen.

„Aber ich freue mich schon, wenn ich wieder festen Boden unter den Füßen habe", fügte Abeke hinzu. „Ich verbringe zu viel Zeit auf Schiffen."

„*Telluns Stolz* war in Ordnung", sagte Rollan. „Viel besser als ich erwartet hatte."

„Ich war davor auch schon auf einem Schiff. Bei der Abreise von zu Hause."

„Auf einem Schiff unserer Feinde …", begann Conor.

„Ja", sagte Abeke ruhig. „Was ich allerdings nicht wusste."

Briggan bewegte sich und stellte die Ohren auf. Auch Uraza hob den Kopf und schnupperte. Über ihnen schrie Essix, aber es klang anders als sonst, wenn sie jagte.

Rollan, Conor und Abeke blickten nach vorn. Der Kahn steuerte auf eine Stelle zu, an der der Fluss schmaler wurde. Aus dem Wasser ragten immer wieder von dichtem Schilf umstandene Inseln, die zum Teil so groß waren, dass sich dort Flusspiraten mit ihren Booten verstecken konnten.

Abeke langte nach ihrem Bogen, hängte rasch die Sehne ein und legte einen Pfeil an. Conor hob seine Axt, Rollan zog mit der einen Hand sein Messer, mit der anderen schob er einen Teil des Vorhangs zur Seite.

Abeke ließ den Blick über das üppig bewachsene Ufer wandern. „Ich sehe nichts Bedrohliches."

Conor ging über das Deck nach hinten und rief zur Kajüte hinunter: „Tarik!“

Am Heck des Kahns saßen zwei Besatzungsmitglieder, die aber nicht weiter beunruhigt wirkten. Der eine Mann bediente das Segel des Kahns, der andere hielt die klobige Ruderpinne.

Briggan knurrte und stand auf. Offenbar hatte er eine unsichtbare Bedrohung gewittert. Uraza sprang auf den Ballen am Bug und starrte mit zuckendem Schwanz in Richtung Ufer.

„Was ist?“, fragte Abeke, die die Unruhe ihres Seelentiers spürte. Ihr war, als sträubten sich ihr sämtliche Haare auf Armen und Nacken.

„Essix hat auf jeden Fall etwas Sonderbares bemerkt“, sagte Rollan. „Ich weiß nur nicht, was.“

„Könnte uns dort jemand auflauern?“, fragte Conor beklommen und deutete auf die Insel, die der Kahn gleich passieren würde.

„Natürlich“, sagte Rollan. Er wedelte mit dem Vorhang hin und her, um die Stechmücken zu verscheuchen, die auf dem Stoff gelandet waren.

Da teilte sich plötzlich das Schilf, das die Insel umgab. Ohrenbetäubendes Gebrüll ertönte, ein Schatten flog durch die Luft und landete auf dem Kahn – ein riesiger Tiger mit schwarzem Fell, das von noch schwärzeren Streifen durchzogen war.

Er landete auf den Gewürzballen und sprang zu Abeke hinunter. Die wich hastig zurück und ließ dabei ihren Bogen fallen. Uraza eilte ihr zu Hilfe, obwohl sie viel kleiner war als der Tiger. Die beiden Raubtiere gingen mit den Tatzen aufeinander los und sprangen dabei von Ballen zu Ballen, während Briggan ihnen auf dem Deck folgte und nach dem Schwanz des Tigers schnappte. Essix schwebte über ihnen, schlug wütend mit den Flügeln und verstärkte den Lärm mit ihrem Geschrei.

Rollan und Conor standen mit gezogenen Waffen an den gegenüberliegenden Seiten des Kahns. Alles ging so blitzschnell und der Kampf war so heftig, dass sie nicht wagten einzugreifen. Die beiden Katzen sprangen weiter umeinander herum und fauchten bei jedem Biss und Hieb. Die meisten Attacken gingen daneben, doch dann erwischte Uraza das Ohr des Tigers und hinterließ mit ihren Krallen eine tiefe Furche.

Abeke feuerte sie an, verstummte aber entsetzt, als Uraza einem besonders heftigen Hieb nicht mehr ausweichen konnte. Die Krallen des Tigers hinterließen fünf blutige Striemen an ihrer Flanke.

Briggan heulte wütend auf, weil der Kampf außerhalb seiner Reichweite stattfand.

Abeke hob ihren Bogen auf, legte einen Pfeil an und spannte die Sehne. Doch selbst sie, die so schnell reagieren konnte, fand keine Gelegenheit zum Schuss. Im nächsten

Moment stürmte Tarik mit dem Schwert in der Hand an Deck und eilte neben sie.

„Das ist ein Seelentier“, sagte er. „Und es tobt vor Wut!“

„Wir müssen Uraza helfen!“, rief Abeke. Der Tiger war so viel größer und stärker, auch wenn der Leopard ein wenig schneller war.

Der Tiger schnappte nach Urazas Kehle und sie konnte sich nur durch eine verzweifelte Rolle zur Seite retten.

„Wir brauchen ein Netz!“, rief Conor. „Das Fischernetz. Ich hole es!“

Er rannte an der Seite des Kahns entlang und konnte nur mit knapper Not einem Gewürzballen ausweichen, den die Katzen losgetreten hatten. Die Mannschaft besaß Netze mit langen Stielen, mit denen sie hin und wieder Fische aus dem Wasser zogen. Vielleicht konnte er mit einem solchen Netz den Tiger solange festhalten, dass sie ihn fesseln oder notfalls töten konnten.

Doch noch bevor Conor das Netz erreicht hatte, kam wieder Gebrüll aus dem Schilf und ein weißer Tiger sprang über die Köpfe der Grünmäntel hinweg zu den beiden Katzen.

„Nein!“, schrie Abeke. Gegen zwei so große Tiger hatte Uraza keine Chance! Verzweifelt zielte sie mit ihrem Bogen und wartete auf eine Gelegenheit zum Schuss. Dann senkte sie den Bogen erstaunt.

Der weiße Tiger hatte sich zwischen Uraza und den

schwarzen Tiger gedrängt und *half* ihr. Er schlug mit den Tatzen nach dem Kopf des Gegners, und als dieser sich an ihm vorbeidrängen wollte, schob der weiße Tiger ihn mit seinem ganzen Gewicht entschlossen zurück. Diesmal geriet der schwarze Tiger ins Schwanken und Abeke machte sich darauf gefasst, dass der andere gleich nach seiner Kehle schnappen würde.

Doch der weiße Tiger hielt sich zurück. Erst jetzt sah Abeke, dass er die Krallen eingezogen und das Maul geschlossen hatte. Statt angriffslustig zu brüllen, ließ er ein eigenartiges Rumpeln tief im Hals ertönen, kein Schnurren, aber auch kein Knurren. Abeke konnte den Laut nicht deuten.

Was immer er damit bezweckte, es tat seine Wirkung. Der schwarze Tiger ließ von Uraza ab, brüllte ein letztes Mal herausfordernd oder auch wütend und sprang vom Kahn auf die Insel zurück. Nur die Spitze seines erhobenen Schwanzes war noch zu sehen, dann verschwand auch sie.

„Was war das?", fragte Rollan und starrte ihm verdattert nach.

„Das Seelentier meines Bruders", sagte eine Stimme vom hinteren Ende des Kahns. „Es ist vor Trauer wahnsinnig geworden."

Abeke fuhr herum und zielte mit ihrem Bogen auf eine Frau, die soeben an Bord gestiegen war und aus deren Stiefeln das Wasser tropfte. Sie war groß gewachsen und schlank, trug ein ledernes Jagdwams und ein grünseidenes Tuch um den Hals. Die von grauen Strähnen durchzogenen schwarzen Haare hatte sie nach hinten zu einem langen Zopf zusammengebunden. Ihr Gesicht war tief gebräunt und faltig, doch Abeke konnte nicht sagen, ob das auf ein hohes Alter oder das Leben in der Wildnis zurückzuführen war. Vielleicht traf beides zu. Auf dem Rücken trug sie einen kurzen zhongesischen Bogen, an ihrer Hüfte hing ein gekrümmtes Schwert.

Sie hob den Arm und rief: „Zhosur!" Der weiße Tiger machte einen Satz auf sie zu, verschwand mitten im Sprung und erschien als Tattoo auf ihrem Unterarm.

Abeke hielt den Bogen weiter auf sie gerichtet.

„Lishay!", rief Tarik und drängte sich an Abeke vorbei. Er lächelte so breit, wie Abeke ihn noch nie hatte lächeln sehen. Bei der Frau angekommen, nahm er ihre Hände fest in seine. „Wir haben uns viel zu lange nicht gesehen. Was war das mit deinem Bruder?"

Lishays Augen wurden vor Kummer noch schwärzer und sie umklammerte verzweifelt Tariks Hände.

„Hanzan ist tot", sagte sie. „Vor zehn Tagen in einem Gefecht gegen die Eroberer gefallen. Du hast selbst gesehen, welche Wirkung das auf Zhamin hatte. Er ist verrückt geworden und fällt jedes andere Seelentier an, weil er glaubt, dass es auch durch den Gallentrank erschaffen wurde."

Tarik nickte düster. „Es ist furchtbar, den Partner zu verlieren. Schon viele Menschen und Seelentiere sind unter solchen Umständen verrückt geworden."

„Aber die Eroberer werden dafür bezahlen", sagte Lishay heftig. „Mit Blut!"

„Keine Angst", sagte Tarik beruhigend, und diese Worte waren nicht nur an Lishay gerichtet. Abeke senkte den Bogen und Conor besänftigte Briggan, indem er ihm das Nackenfell kraulte.

„Wir werden sie besiegen", sagte Tarik und ging ein paar Schritte in Richtung Bug, „aber nicht allein. Ich möchte dir meine Gefährten vorstellen, die Kinder, die die Großen Tiere in die Welt zurückgeholt haben."

Rasch machte er sie miteinander bekannt. Lishay war wieder etwas ruhiger geworden, doch Abeke konnte immer noch die roten Male sehen, die ihre Fingernägel auf Tariks Händen hinterlassen hatten.

„Nur drei?", fragte die ältere Frau stirnrunzelnd. „Wo ist das adlige Mädchen aus Zhong mit Jhi? Die beiden wären hier eine große Hilfe. Kho Kensit ist zwar nur ein Randgebiet von Zhong, aber die Menschen verehren Jhi. Sie würden uns in Scharen zuströmen, wenn wir den Großen Panda dabeihätten."

„Meilin ist vorausgereist, um den Widerstand in Zhong zu unterstützen", sagte Tarik. Conor sah ihn fragend an. In gewisser Weise sagte Tarik die Wahrheit, dachte Abeke, aber gewiss nicht die ganze Wahrheit. „Wo genau sie sich im Moment aufhält, wissen wir nicht. Sie wird vermutlich versuchen, über die Mauer zu kommen."

„Sie schafft das auch", fiel Rollan ein. „Sie ist wirklich gut in Form und kann kämpfen."

„Wir hoffen, dass sie es schafft", sagte Conor. „Es tut mir so leid, Lishay, aber es war meine Schuld, dass sie gegangen ist. Wenn ich nicht den …"

„Nicht", sagte Abeke. Die Menschen, auf die es ankam, wussten, was Conor getan hatte, und auch, warum er es getan hatte. Irgendwann mussten sie diese Sache hinter sich lassen. „Wir sind nicht deswegen hier, genauso wenig wie Lishay. Wir müssen uns jetzt darauf konzentrieren, den Schieferelefanten zu bekommen. Nur das zählt."

„Ja", murmelte Conor. „Du hast Recht. Tut mir leid."

„Sag bitte nicht immer, dass es dir leidtut!", rief die sonst so ruhige Abeke ungeduldig. „Wir haben dir doch verziehen, nicht wahr, Rollan? Hör also auf, dich ständig zu entschuldigen."

Conor wollte etwas sagen, wahrscheinlich, dass ihm auch das leidtat, schloss den Mund aber wieder und nickte entschlossen.

Lishay verfolgte den Wortwechsel aufmerksam, sagte aber ebenfalls nichts. Abeke fasste spontan Zuneigung zu ihr, weil sie schwieg, wo es nichts mehr zu sagen gab.

„Abeke hat Recht", stimmte Tarik zu. „Unsere Aufgabe ist es, Dinesh zu finden und den Schieferelefanten zu bekommen. Darauf müssen wir uns konzentrieren. Lishay, du hast uns die Nachricht zukommen lassen, dass du den Elefanten ausfindig gemacht hast. Wo sollen wir ihn denn suchen?“

„Das ist ein wenig kompliziert“, gestand Lishay. „Ich erkläre es euch unterwegs. Bei Einbruch der Dämmerung verlassen wir den Fluss. In ein paar Kilometern kommt ein guter Landeplatz, wo wir nicht durchs Wasser waten und fürchten müssen, dass uns Schlangenkopffische angreifen.“

„Schlangenkopffische?“

„Man hat euch doch gesagt, dass ihr euch vom Wasser fernhalten sollt, oder? Das ist wegen der Schlangenkopffische. Sie sind so lang wie mein Arm und haben jede Menge scharfe Zähne.“

„Aber sie springen nicht aus dem Wasser, oder?“, fragte Conor.

„Zum Glück nicht. Aber jetzt müssen wir uns vorbereiten. Was habt ihr an Proviant mitgebracht?“

Rollan sah sie unverwandt an.

„Sag uns zuerst, wohin wir müssen“, sagte er. „Was ist daran so kompliziert?“

Abeke spürte, dass Lishay ihnen nur deshalb von den Schlangenkopffischen erzählt hatte, um Fragen nach der weiteren Reise auszuweichen. Sie verbarg etwas vor ihnen und Rollan hatte es wie immer sofort bemerkt.

Lishay lenkte ein. „Ich glaube zu wissen, dass Dinesh sich in Pharsit Nang aufhält, einem kleinen Gebiet innerhalb des Landes der Tergesh."

„Wer sind die Tergesh?", fragte Abeke.

„Ich habe von ihnen gehört", sagte Tarik. „Ein sonderbares Volk und sehr gefährlich."

„Werden sie uns erlauben, Dinesh bei ihnen zu suchen?", fragte Conor.

„Sie ziehen viel herum", erklärte Lishay. „Wenn wir Glück haben, begegnen wir ihnen gar nicht."

„Und wenn wir ihnen begegnen?", fragte Abeke.

„Dann bitten wir sie höflich um Erlaubnis und hoffen das Beste."

Es klang wie ein Scherz, aber Lishay lächelte nicht.

Rollan schüttelte den Kopf. „Wo liegt das Problem?"

„Tergesh ist der Name, den sie sich selbst gegeben haben", sagte Tarik grimmig. „Alle anderen nennen sie die Nashornreiter."

Durch den Dschungel

Lishay hatte sie gewarnt, dass der Marsch durch den Dschungel schwierig werden würde, und sie behielt Recht. Sie marschierten hintereinander auf einem schmalen Pfad durch das dichte, nasse Unterholz. Von überhängenden Ästen und baumelnden Kletterpflanzen fielen Blutegel herunter. Doch als Essix ganz in der Nähe einen breiteren Weg entdeckte, bestand Lishay darauf, dass sie auf dem von ihr ausgesuchten Pfad blieben.

„Die breiteren Wege werden von den Tergesh benützt", sagte sie. „Hier sind wir sicherer."

„Was sind das für Leute?", fragte Rollan und entfernte ein großes, nasses Blatt von seinem Gesicht. „Haben sie Nashörner als Seelentiere?"

Lishay schüttelte den Kopf. „Nein, sie verbinden sich nicht mit Seelentieren, auch nicht mithilfe des Nektars.

Den Grund kennt niemand. Es hängt wahrscheinlich damit zusammen, dass bei den Tergesh jedes Kind mit einem Nashornjungen aufwächst, sobald es auf einem sitzen kann. Es lebt dann mit ihm zusammen, trainiert mit ihm …"

„Uff!", ächzte Rollan. „Klingt anstrengend! Aber der Weg, den Essix gesehen hat, wäre immer noch zu schmal für ein Nashorn. Ich habe mal eins auf einem Jahrmarkt gesehen. Es war riesig."

„Die sind wirklich groß", bestätigte Abeke. „Ich habe immer nur welche in der offenen Savanne gesehen, nie in einem Urwald wie hier."

„Die Nashörner von Pharsit Nang sehen anders aus als die in Nilo", erklärte Lishay. „Sie sind kleiner, schneller und aggressiver und sehr schwer zu zähmen. Ihr kennt doch alle Wildpferde. Stellt euch also ein sehr wildes Nashorn vor und wie gut man reiten können muss, damit man da nicht herunterfällt. Deshalb halten wir uns an die kleineren Pfade, damit wir ihnen nicht begegnen."

„Mir wäre vor allem recht, wenn wir nicht so vielen stechenden Insekten begegnen würden", jammerte Rollan und schlug sich klatschend mit der Hand an die Wange. Er betrachtete das zerquetschte Insekt, das inmitten eines großen Blutflecks auf seinem Handteller lag. Sein eigenes Blut! Er hasste den Dschungel. Ihm war sogar ein wenig übel, als brütete er eine Krankheit aus.

„Im Dschungel gibt es weniger Stechmücken als am Fluss“, sagte Lishay. „Dafür mehr Blutegel und Spinnen und stechende Ameisen. Kontrolliert am Morgen immer eure Schuhe und schlaft in Hängematten.“

„Ich weiß nicht, warum sie mich so mögen“, rief Rollan und schlug wieder nach einem Insekt. „Beißt doch lieber Conor!“

„Offenbar schmeckt ihnen dein Blut besser“, erwiderte Conor.

Rollan fiel ausnahmsweise einmal keine schlagfertige Antwort ein, so überrascht war er darüber, dass Conor sich endlich wehrte. Er betastete sein Gesicht an der Stelle, an der das Insekt ihn gestochen hatte. Bildete er es sich nur ein oder war die Wange schon etwas angeschwollen?

„Auf einem breiteren Weg würden wir schneller vorankommen“, meinte Abeke.

„Es wäre trotzdem zu riskant“, erwiderte Lishay. Sie blieb stehen und schlug nach einer Schlingpflanze, die über den Weg gewachsen war.

„Aber wir haben Essix“, sagte Rollan. „Sie würde sehen, wenn uns Nashörner entgegenkommen, und wir könnten uns rechtzeitig verstecken.“

Außer Essix und Zhosur befanden sich alle Seelentiere im Ruhezustand. Selbst Briggan, der sonst immer am liebsten durch die Gegend tollte, fühlte sich in dem Dschungel nicht wohl, vielleicht weil er so unübersichtlich war. Und

Zhosur schien sich zwar gut mit Uraza zu verstehen, aber Abeke hielt es trotzdem für klüger, den Leoparden von dem Tiger fernzuhalten. Auch Tariks Seelentier Lumeo konnte sich nicht für den Dschungel begeistern. Oder er war einfach zu faul und ließ sich lieber tragen – typisch Otter!

„Stimmt", sagte Tarik. „Die Zeit drängt, Lishay …"

„Ich halte es für zu riskant", beharrte Lishay. „Aber wenn du derselben Meinung wie die Kinder bist, füge ich mich und wir nehmen den breiteren Weg."

Alle sahen Tarik an, der nachdenklich die Stirn runzelte.

„Also gut", sagte er schließlich. „Nehmen wir den bequemeren, schnelleren Weg. Rollan und Essix halten nach Nashörnern Ausschau. Wir müssen unbedingt vor den Eroberern bei Dinesh sein."

„Aber woher sollten die Eroberer wissen, wo sie Dinesh finden?", fragte Lishay. „Wir haben ihn monatelang gesucht, bevor wir fündig geworden sind."

„Die Eroberer haben auch einen Seher wie Lenori", sagte Tarik. „Und sie dringen mit ihrer Armee immer tiefer nach Kho Kensit ein. Außerdem … leide ich wahrscheinlich allmählich an Verfolgungswahn. Der Krieg schürt alle möglichen Ängste."

Lishay nickte. „Also gut, nehmen wir den breiteren Weg."

Zhosur ließ ein tiefes Brummen hören, bog vom Pfad ab

und zwängte sich durch das Unterholz. Lishay und die anderen folgten ihm. Es fing an zu regnen. Der Regen war zwar warm, aber trotzdem lästig. Er lief in ihre Seemannsjacken hinein, tropfte ihnen in die Augen und machte alles noch anstrengender.

„Wie heiß es hier ist!", sagte Conor. „Noch heißer als bei uns im Hochsommer. Für Schafe wäre das nicht gut."

„Das ist für niemanden gut außer für Stechmücken", sagte Rollan. Er rutschte auf einigen nassen Blättern aus und musste sich mit der Hand gegen einen Baumstamm stützen, um nicht umzufallen.

„Alles in Ordnung?"

„Ich bin nur ausgerutscht", erklärte Rollan gereizt und schüttelte Conors Hand von seinem Ellbogen ab. „Mir ist es hier auch zu heiß. Ich bin nicht für den Dschungel gemacht."

Sobald sie den größeren Weg erreichten, kamen sie schneller voran. Er war ungefähr zweieinhalb Meter breit, das Unterholz war niedergetrampelt und an den Bäumen, die ihn säumten, hingen keine Ranken, von denen Blutegel auf sie herunterregnen konnten. Nach einer Weile hörte es wieder auf zu regnen und die Sonne kam heraus. Von den nassen Büschen stiegen Dampfschwaden auf.

„Hier ist es besser", sagte Abeke.

„Auf jeden Fall", bestätigte Conor.

Rollan sagte nichts. Er war so müde, dass er nur zustimmend nicken konnte. Zwar hatte er das vage Gefühl, dass er eine Aufgabe zu erledigen hatte, aber er konnte sich nicht mehr daran erinnern, welche. Es hatte mit Essix zu tun, die irgendwo über ihnen flog.

„Zhosur meint, dass vor uns eine Lichtung liegt", sagte Lishay. „Nur mit Elefantengras, also ohne Deckung. Wir müssen sie schnell überqueren. Kommt."

Sie ging wieder voraus und verfiel in den Laufschritt der geübten Jägerin. Zhosur lief neben ihr her. Abeke beschleunigte ebenfalls, gefolgt von Conor, der schwerfälliger ging, aber mühelos mithalten konnte. Hinter Conor kam Rollan, der immer öfter stolperte. Den Abschluss bildete Tarik, der in regelmäßigen Abständen nach hinten blickte. Lumeo war aus dem Ruhezustand aufgetaucht. Er lag auf Tariks Schulter und sah sich ebenfalls aufmerksam um.

„Ich glaube, dass uns jemand folgt", sagte Tarik leise zu Lumeo. „Wir müssen wachsam sein."

Rollan drehte sich um und wäre fast wieder ausgerutscht. Die Luft war dunstig – oder lag es an seinen Augen? Er sah auf dem Weg hinter ihnen nur zertretenes grünes Laub und überall Bäume.

Die Lichtung war so groß wie der Marktplatz im Zentrum von Concorba. An den Rändern standen junge Bäume und Farne wie Zuschauer, die vom Rand eines Sportplatzes eifrig ein Spiel verfolgen. Die eigentliche Lichtung war, wie Lishay gesagt hatte, mit stachligem Elefantengras überwachsen, das den Kindern bis zur Hüfte reichte. Einige Büschel waren sogar größer als Tarik. Für Rollan hatte es mit richtigem Gras nicht viel gemein. Dazu war es viel zu hoch und seine Halme sahen aus wie lange Schwerter.

Lishay blieb zwischen den Bäumen am Rand der Lichtung stehen und sah sich um. Zhosur ging unruhig hin und her und beschnüffelte den Boden. Sein Schwanz zuckte unruhig.

„Er riecht Nashörner“, sagte Lishay leise. „Der Geruch kann allerdings auch schon älter sein. Was sieht Essix, Rollan?“

„Äh, wie bitte?“ Rollan wollte sich konzentrieren, aber er war … wie benebelt und konnte nicht klar denken.

„Wo ist Essix?“, fragte Abeke. „Was sieht sie?“

Rollan blickte zum Himmel auf. Er konnte Essix nirgendwo in der Nähe spüren und die Sinneseindrücke, die der Falke ihm vermittelte, waren verschwommen.

„Schwer zu sagen“, murmelte er. Er wischte sich über die schweißnasse Stirn und zwinkerte ein paarmal mit den Augen. Er schmeckte im Mund auf einmal Vogelfleisch und hörte das Knirschen kleiner Knochen. „Ich glaube, sie frisst. Aber wenn etwas wäre, würde sie uns bestimmt Bescheid geben.“

„Der Weg geht da drüben weiter“, sagte Lishay und zeigte zur anderen Seite der Lichtung. „Zwischen den beiden großen Bäumen. Aber rechts und links davon sind auch noch zwei andere Wege, passt also gut auf. Wir müssen alle gleichzeitig rennen und so schnell wie möglich hinüber. Seid ihr bereit?“

Alle nickten. Niemand bemerkte, dass Rollans Kopf beim Nicken fast bis auf die Brust sank. Er fuhr ruckartig hoch und wischte sich den Schweiß von der Stirn. Warum war er nur so müde? Wahrscheinlich setzte ihm die Hitze zu. Draußen auf der Lichtung würde es kühler sein.

„Zhosur läuft voraus“, sagte Lishay. „Also los!“

Der Tiger sprang auf die Lichtung hinaus und Lishay und Abeke rannten hinter ihm her. Dann kam Conor, dicht gefolgt von Rollan. Tarik hielt Abstand zu den anderen und bildete wieder die Nachhut.

Sie hatten die Lichtung zur Hälfte überquert, da blieb Zhosur stehen und brüllte. Es klang aber nicht wie Tigergebrüll, sondern mehr wie eine Reihe zusammenhängender, kehliger Knurrlaute. Zugleich erwachten plötzlich die hohen Grasbüschel um sie herum zum Leben.

Überall sprangen kleine Nashörner auf, die versteckt im Gras gelegen hatten. Kleine, drahtige Männer und Frauen sprangen auf ihre Rücken. Sie ritten ohne Sattel und Zaumzeug und trugen Baumwollgewänder, die über der Brust zusammengebunden waren und Unterarme und Füße freiließen. An ihren Gürteln steckten lange Messer, dazu kamen Speere und Blasrohre aus Bambus.

Die Nashörner sahen aus, wie Lishay sie beschrieben hatte. Sie waren kleiner als ihre Artgenossen aus Nilo und hatten schärfere Hörner und verschlagen funkelnde schwarze Augen.

Die Lichtung war voll von Nashornreitern, es waren mindestens sechzig, eine erdrückende Übermacht. Flucht war die einzige Möglichkeit. Aber sie waren umzingelt!

Tarik reagierte als Erster. Er stand den Reitern am nächsten und konnte auf Lumeos Hilfe zählen. Rasch drehte er sich auf der Stelle, rannte auf den Reiter hinter sich zu und warf Lumeo in die Luft. Er duckte sich unter dem Bauch des verdutzten Nashorns hindurch, als es gerade mit dem Horn nach oben stieß, um den fliegenden Otter aufzuspießen. Im nächsten Moment tauchte Tarik auf der anderen Seite wieder auf, fing Lumeo mit einer Hand und klatschte dem Nashorn mit der anderen auf die Flanke. Das Nashorn war so erschrocken, dass es hastig davonsprang.

„Mir nach!“, rief Tarik. „Los!“

Die anderen liefen ihm hinterher, so schnell sie konnten. Conor rief Briggan und Uraza sprang zähnefletschend aus Abekes Arm. Doch die Nashornreiter kamen von allen Seiten näher und hatten ihre Blasrohre an die Münder gesetzt. Dutzende kleiner Pfeile flogen über die Lichtung. Mithilfe ihrer Seelentiere sprangen die Grünmäntel im Zickzack über die Lichtung und duckten sich unter dem Pfeilregen hindurch. Sie versuchten durch den Ring von

Nashornreitern zu brechen und zu Tarik zu gelangen, der am Rand der Lichtung stand und ihnen nicht helfen konnte.

Nur Rollan blieb zurück. Er fühlte sich jetzt richtig krank und bekam kaum noch mit, was um ihn herum geschah. Ein kleiner Pfeil traf ihn an der Wange, es fühlte sich an wie ein Insektenstich. Rollan zog ihn heraus, betrachtete ihn und fragte sich, warum die Angreifer mit so kleinen, nutzlosen Dingern schossen. Die Spitze des Pfeils war mit einer schwarzen, klebrigen Substanz beschmiert. Rollan starrte sie verwirrt an, bis er Lishay wie aus großer Entfernung rufen hörte: „Die Pfeile sind vergiftet! Passt auf! Sie dürfen eure Haut nicht berühren!"

Doch es war zwecklos, die Pfeile gingen wie ein Hagelschauer auf sie nieder. Nicht einmal Lishay konnte ihnen ausweichen. Alle Kraft wich aus Rollan und er sank zu Boden. Als Letztes sah er noch Tarik auf den Dschungel zulaufen. Er rannte mit übermenschlicher Geschwindigkeit und mehrere Nashornreiter verfolgten ihn.

Unerwartetes Wiedersehen

„Woher weißt du, wie man durch das Labyrinth kommt?“, fragte Meilin Xue, die an der nächsten Wegkreuzung, ohne zu zögern, nach links abbog. Das Bündel, das Xue auf dem Rücken trug, war so hoch, dass sie von hinten aussah wie ein laufender Turm aus Töpfen und Pfannen. Alles war so gut festgebunden, dass kaum etwas klapperte.

„Übung“, antwortete Xue kurz.

„Wann kommen wir an?“, fragte Meilin.

„Dauert noch.“

Meilin wollte genauer nachfragen, ließ es dann aber. Sie wusste inzwischen: Wenn Xue nicht reden wollte, konnte man sie auch nicht dazu zwingen. Durch einen Blick zurück vergewisserte Meilin sich, dass Jhi ihnen folgte und nicht stehen geblieben war, um einen Bambusschössling zu fressen. Die Pandabärin ging zwar rund dreißig Meter hinter ihnen, kam aber einigermaßen nach. Einige der Ratten, die den Boden um die Bambusstämme so zahlreich bevölkerten, rannten vor ihr über den Weg.

Plötzlich schallten von irgendwo vor ihnen Axtschläge durch den Wald.

Meilin zuckte zusammen. Xue war stehen geblieben und lauschte regungslos.

Die Geräusche kamen aus nicht allzu großer Entfernung. Es waren mehrere Äxte zu hören, und dann das Krachen umstürzender Stämme.

„Jemand fällte den Bambus“, sagte Meilin und dachte sofort an die Eroberer.

Xue nickte. „Das schauen wir uns genauer an. Jhi kennt den Weg zur südlichen Festung, für den Fall, dass wir getrennt werden.“

„Sie kennt den Weg?“

„Ich habe ihn ihr erklärt, als du geschlafen hast.“ Xue setzte ihr riesiges Bündel ab und schob es zwischen den Bambus, bis es nicht mehr zu sehen war. Meilin war erneut beeindruckt, wie geschmeidig sie sich für ihr Alter bewegte. „Sei jetzt ganz leise. Wir schleichen uns an und sehen nach.“

Sie gingen in Richtung des Lärms. „Das können nicht die Gegner des Schlingers sein, von denen du gesprochen hast“, sagte Meilin leise. „Nur die Diener des Schlingers würden das Labyrinth fällen.“

Xue nickte und hielt warnend den Finger an die Lippen. Zwar waren die Schläge inzwischen so laut, dass alle anderen Geräusche untergingen, aber Meilin gehorchte trotzdem. Sie sah sich um. Zu ihrer Überraschung hatte Jhi aufgeholt und war jetzt nur noch wenige Schritte hinter ihnen. Sie hatte gar nicht gewusst, dass die Bärin so schnell laufen konnte.

Wenige Meter vor der nächsten Kreuzung blieben sie kurz stehen. Die Axtschläge waren ohrenbetäubend laut und dazwischen ertönten Rufe und Befehle. Allem Anschein nach waren unmittelbar vor ihnen mehrere Hundert Menschen an der Arbeit. Langsam schlichen Xue und Meilin näher.

Der Weg ging noch einige Dutzend Meter weiter, dann mündete er in eine große Straße, die durch das Labyrinth geschlagen wurde. Eine große Gruppe von Männern schlug mit Äxten unaufhörlich auf den Bambus ein. Weitere Arbeiter schichteten die gefällten Stämme zu riesigen Stapeln auf, die vermutlich verbrannt werden sollten.

Hinter den Arbeitern standen Soldaten, viele davon mit Seelentieren. Sie trugen keine Uniformen, genauso wie die Soldaten, die Jano Rion überfallen hatten, aber Meilin wusste trotzdem, um wen es sich handelte. Zusätzlich zu ihren Waffen hatten sie Peitschen, die sie einsetzen, sobald die Arbeiter langsamer wurden.

„Wenn man etwas nicht begreift, macht man es einfach

kaputt", sagte Xue. „So verfährt jedenfalls der Schlinger. Wir müssen …"

Sie brach mitten im Satz ab und hielt plötzlich die extrem spitzen Essstäbchen in der Hand, die Meilin schon am Abend zuvor aufgefallen waren. Dann sprang sie hoch in die Luft. Ein Schrei ertönte und eine maskierte, ganz in das Gelbgrün des Bambus gekleidete Gestalt fiel auf den Boden.

Meilin wirbelte herum und konnte mit ihrem Kampfstab gerade noch den heimtückischen Messerhieb eines zweiten maskierten Angreifers abwehren. Sie schlug das Messer zur Seite und setzte mit einem Schlag gegen sein Schlüsselbein nach. Der Angreifer ließ das Messer fallen und heulte vor Schmerzen auf. Sein Arm hing schlaff und nutzlos herunter.

Doch schon sprangen weitere Gestalten vor ihnen auf den Weg. Meilin wich zurück und ließ den Blick hastig über ihre Gegner und dann die Bambusstämme hinaufwandern. Die Angreifer hatten eiserne Stifte in die Stämme geschlagen. Offenbar hatten sie dort oben gelauert, bereit zu springen, wenn unter ihnen jemand vorbeikam. Durchdringende Pfiffe gellten durch den Wald und lösten Alarm aus.

„Wir müssen verschwinden", sagte Xue und zeigte mit ihren blutigen Essstäbchen auf einen Weg, der nach rechts abzweigte. Von dort kamen ihnen zwei kampfbereite Männer entgegen. „Jetzt!"

Sie rannte los und Meilin lief neben ihr her. Essstäbchen und Stab sausten durch die Luft und die beiden Attentäter gingen verwundet zu Boden. Ihre Gefährten in den Bäumen waren zu langsam und landeten erst hinter der alten Frau und dem Mädchen auf dem Boden.

Doch Jhi war zurückgeblieben und im nächsten Moment stand schon ein halbes Dutzend Angreifer zwischen ihr und Meilin.

„Jhi!“, schrie Meilin und hob die Arme. Sie war zwar weit von ihr entfernt, aber wenn sie trotzdem den Ruhezustand einnehmen konnte, konnten sie fliehen. Denkbar war es immerhin …

Aber Jhi kehrte nicht zu ihr zurück. Stattdessen hob sie seelenruhig die Tatzen, zog einen langen Bambusstamm aus der Erde, packte ihn ein wenig ungelenk und hob ihn mit einem lauten Ächzen hoch. Dann ließ sie seine Spitze zwischen die Angreifer auf den Weg fallen. Die sprangen zurück und der gewaltige Bambus prallte federnd vom Boden ab.

Aber Jhi ließ ihn nicht los. Sie schüttelte den Stamm, schwang ihn über den Weg und schlug den Angreifern die Beine weg, sodass sie stürzten. Erst als alle stöhnend auf dem Boden lagen, ließ Jhi den Bambus fallen und trottete seelenruhig hinter Meilin her, die sie mit offenem Mund anstarrte.

Ihr blieb allerdings nicht viel Zeit zum Staunen. Die

Wächter, die die Holzfäller beaufsichtigten, waren durch die Pfiffe alarmiert worden und näherten sich Xue und Meilin im Laufschritt. Ihnen voraus sprangen ihre Seelentiere. Vor allem ein Tier fiel Meilin auf: ein Steinbock mit großen, nach hinten geschwungenen Hörnern. Sie war sicher, ihn bei der Eroberung von Jano Rion schon gesehen zu haben.

„Wir müssen rennen", sagte Xue.

„Aber zuerst müssen wir unsere Verfolger noch irgendwie aufhalten", erwiderte Meilin. Sie sah Jhi mit einer ganz neuen Bewunderung an.

„Kannst du das tun, Jhi? Mit Bambusstämmen?"

Jhi zog einen langen Bambusstamm über den Weg und dann einen zweiten. Anschließend schob sie mit sehr viel Kraft und Geschick einen dritten zwischen die beiden. Schließlich hatte sie so viele Stämme aufeinandergetürmt, dass der Weg vollkommen unpassierbar geworden war.

„Jetzt können wir rennen", sagte Meilin. Jhi gab einen blökenden Laut von sich.

„Faulpelz", sagte Xue.

Meilin sah sie verwirrt an, dann lachte sie und hob den Arm. Jhi verschwand und auf Meilins Hand erschien das Panda-Tattoo.

Sie rannten eine lange Strecke und an den Kreuzungen wusste Xue immer genau, in welche Richtung sie abbiegen mussten. Allmählich wurden der Lärm ihrer Verfolger und das Krachen des Bambus hinter ihnen leiser. Nach einiger

Zeit begann Meilin zu hoffen, Xue würde Pause machen. Sie selbst war völlig außer Atem und eine alte Frau konnte doch wohl unmöglich so lange rennen?

Endlich wurde Xue langsamer.

„Es ist nicht mehr weit zur südlichen Festung“, sagte sie. „Noch einmal links, dann rechts und dann geradeaus. Ich verlasse dich jetzt.“

„Du verlässt mich?“, fragte Meilin überrascht. „Aber wohin willst du?“

„Zu meinem Bündel zurück“, antwortete Xue.

„Zurück? Aber dort sind die Feinde!“

„Ich mache einfach einen Bogen um sie“, sagte Xue, als wäre das im Labyrinth genauso leicht wie anderswo.

„Ach so“, sagte Meilin etwas enttäuscht. „Ich hatte gehofft, du … du würdest mich begleiten. Uns begleiten. Ich habe dich kämpfen sehen und könnte viel von dir lernen. Und du könntest uns gegen die Eroberer helfen.“

„Ich habe selbst zu tun“, erwiderte Xue. „Du kämpfst auch nicht schlecht. Wenn du weiter übst, lohnt es sich eines Tages vielleicht, dich zu unterrichten.“

Meilin starrte sie verdutzt an. Sonst bekam sie immer zu hören, sie sei eine großartige Schülerin, die beste ihres Alters. Aber sie schluckte eine gekränkte Antwort hinunter. Etwas an der alten Frau nötigte ihr Respekt ab, etwas, was nichts mit ihrem kämpferischen Geschick und ihrer erstaunlichen Kondition und Gewandtheit zu tun hatte.

Dann begriff Meilin plötzlich.

„Bist du eine Gezeichnete?", fragte sie.

Xue lächelte und entblößte einige Zahnlücken. Sie öffnete den obersten Knopf ihrer Seidenbluse und eine verborgene Tasche wurde sichtbar. Eine weiße Springmaus blickte Meilin entgegen. Sie hatte dieselben Augen wie die Alte, nur in kleiner – schwarz und verschmitzt funkelnd.

„Zap", sagte die Alte und die Maus verschwand. Xue krempelte den Ärmel hoch und auf ihrem Unterarm kam das Tattoo einer springenden Maus zum Vorschein.

„Viel Glück, Meilin und Jhi. Vielleicht begegnen wir uns eines Tages wieder."

Meilin neigte den Kopf. Als sie wieder aufblickte, war Xue verschwunden.

Sie folgte Xues Anweisungen und erreichte schließlich die südliche Festung. Sie lag noch innerhalb des Labyrinths, doch in einem kleinen, flachen Tal, in das viele Wege mündeten. Meilin trat aus dem Schatten des Bambus und sah eine Ansammlung von Hütten hinter einer hölzernen Palisade. Obwohl der Wald das Tal von allen Seiten umgab, war Meilin doch erleichtert, dem Labyrinth zumindest vorübergehend entronnen zu sein.

„Halt!"

Drei Soldaten in den karmesinrot lackierten Brustpanzern der regulären zhongesischen Armee eilten ihr entgegen. Einer trug die geflochtene Armbinde eines Unteroffiziers.

„Ich bin Meilin, die Tochter von …“, begann Meilin, doch ihre Worte gingen in dem Gebrüll des Unteroffiziers unter.

„Lass den Stab fallen und knie dich hin!“

„Nein!“, erwiderte Meilin. „Bring mich zum Befehlshaber dieser Festung.“

Der Unteroffizier machte eine Grimasse und zog sein Schwert. Seine Begleiter taten es ihm nach.

„Wir haben Befehl, jeden zu töten, der aus dem Labyrinth kommt und keine Uniform trägt“, sagte er. „Also töten wir dich jetzt.“

„Sei nicht dumm!“, erwiderte Meilin, obwohl der stumpfe Blick seiner Augen vermuten ließ, dass er tatsächlich strohdumm war. „Ruf sofort einen Offizier!“

„Ich lasse mir von einer Bäuerin aus dem Bambuswald nicht sagen, was ich zu tun habe“, brüllte der Mann. „Knie dich hin!“

„Vielleicht sollten wir doch lieber …“, begann einer der Soldaten, der deutlich intelligenter aussah als sein Vorgesetzter.

„Klappe!“, schrie der Unteroffizier. Er hob sein Schwert. „Knie nieder und ich schlage dir den Kopf ab.“

„Es wäre wirklich am besten, einen Offizier zu rufen.“

Meilin seufzte und hob ihren Kampfstab. In Gedanken ging sie bereits die Schläge und Stöße durch, mit denen sie die drei Soldaten außer Gefecht setzen würde. Sie wusste genau, was sie zu tun hatte.

Aber sie griff nicht an. Vor wenigen Tagen hätte sie die drei noch wütend niedergeschlagen und sich anschließend bei den Verantwortlichen beschwert. Doch jetzt beherrschte sie sich und wartete geduldig. So wie sie es mit Jhi gemacht hatte, als ihnen das metallische Geräusch von Xues Kochgeschirr aufgefallen war. Manchmal war Geduld die beste Strategie.

Der Unteroffizier beherrschte sich nicht, sondern griff sie mit erhobenem Schwert an. Meilin wich zur Seite aus und schob ihm den Stab zwischen die Beine. Er stolperte an ihr vorbei, fiel hin und ließ das Schwert fallen.

„Angriff!", brüllte er den anderen zu. „Worauf wartet ihr?"

Die beiden Soldaten sahen sich an.

„Angriff!", ächzte der Unteroffizier vom Boden.

Der intelligent aussehende Soldat steckte sein Schwert ein, nahm ein Horn vom Gürtel und stieß zweimal hinein. Die Töne hallten laut durch das kleine Tal. Wenige Sekunden später antwortete ein Signal aus der Festung.

„Gleich kommt eine Patrouille mit einem Offizier", sagte der Soldat. „Wie heißt du noch mal?"

„Meilin und ich bin die Tochter von General Teng."

Die beiden Soldaten wechselten einen entsetzten Blick und der Unteroffizier auf dem Boden stöhnte.

„Wer ist der Kommandant der Festung?", fragte Meilin.

Die Soldaten standen stramm, der Unteroffizier rappelte sich hastig auf und verbeugte sich tief.

„Der erhabene General", rief der intelligente Soldat kläglich.

„Mit Namen?", fragte Meilin. Sie wollte sich keine Hoffnungen machen.

„Teng natürlich. Dein Vater."

Erleichterung stieg in ihr auf. Also hatte er doch aus Jano Rion fliehen können und lebte! „Bringt mich sofort zu ihm!"

„Du bist wirklich seine ...?", stotterte der Unteroffizier. „Also du bist ...?"

„Komm mit uns", sagte der intelligente Soldat, der wieder einmal schneller schaltete als sein Vorgesetzter. Eine Patrouille näherte sich ihnen im Laufschritt. „Es ist uns eine Ehre, dir eine persönliche Eskorte zur Verfügung zu stellen."

Meilin folgte ihm. Sie ging wie auf Wolken. Ihr Vater lebte, alles würde gut werden. Gleich waren sie wieder vereint und dann würden sie, Seite an Seite kämpfend, den Eroberern Zhong entreißen.

Die Soldaten geleiteten sie in die Festung und die Wache am Eingangstor salutierte. Ihr Vater stand in seiner silbern-karmesinroten Uniform auf dem Exerzierplatz. Tränen brannten Meilin in den Augen und sie konnte sie nur mühsam zurückhalten. Am liebsten wäre sie zu ihm gerannt und hätte sich in seine Arme geworfen. Aber eine so offen zur Schau gestellte Zuneigung hätte ihn vor seinen Soldaten beschämt. Er unterhielt sich gerade mit einigen hochrangigen Offizieren, die Meilin kannte. Sie fand, dass er müde aussah und irgendwie kleiner war, als sie ihn in Erinnerung hatte. Seine Uniform war zerrissen, die funkelnden Rangabzeichen verschwunden. Von weiter weg hätte sie ihn womöglich gar nicht erkannt.

„Erhabener General“, sagte der Soldat und trat respektvoll einen Schritt zurück.

Teng drehte sich um, bemerkte Meilin und starrte sie entgeistert an.

„Meilin!“

„Vater!“

Sie blieb drei Schritte vor ihm stehen und verbeugte sich tief.

Seine Schritte näherten sich und zwei schmutzige Stiefel kamen in ihr Blickfeld. Hände fassten sie an den Schultern und richteten sie auf.

Meilin blickte in seine Augen, die braun waren wie ihre, und sah darin Liebe und Sorge. Und … waren das etwa Tränen? Unmöglich!

Einen atemlosen Moment lang dachte sie schon, er könnte sie tatsächlich umarmen.

Doch dann trat er zurück und ließ die Hände fallen.

„Du bist hier“, sagte er. „Warum? Kommst du allein?“

In seiner Stimme schwang ein leichter Tadel, aber bestimmt hatte sie sich nur verhört.

„Ich habe die Grünmäntel verlassen, Vater, um zu dir zurückzukehren und für Zhong zu kämpfen“, sagte sie. „Du musst wissen, dass eine große Streitmacht von Eroberern damit beschäftigt ist, eine Schneise durch das Labyrinth zu schlagen.“

General Teng nickte langsam. „Du hast dein Seelentier Jhi noch?“

Meilin zeigte ihm das Tattoo auf ihrem Arm.

„Du hast gelernt, mit ihm zu arbeiten und seine Kräfte zu nützen?“

„Ich fange gerade erst damit an, Vater.“

„Gut“, sagte der General. „Dann trinken wir jetzt Tee und du berichtest, was du gemacht hast. Es gibt auch … Dinge, die ich dir erzählen muss.“

„Aber die Eroberer, Vater.“ Meilin konnte sein Gesicht nicht lesen. Machte er sich denn keine Sorgen, weil der Gegner schon so nahe war? „Sie stehen nur wenige Kilometer von hier entfernt, eine Armee von mehreren Hundert Soldaten. Und sie zwingen ein ganzes Heer von Arbeitern, den Bambus zu fällen.“

„Sie werden mindestens eine Woche dafür brauchen, sich zwei Kilometer durch das Labyrinth zu arbeiten. General Chin …?"

Der Freund und engste Berater ihres Vaters trat vor und nickte ihr grüßend zu. Chins Uniform war verschlissen und offenbar schon seit Tagen nicht mehr gewaschen worden. Meilin war froh, dass auch er den Angriff überlebt hatte. Ob er sich umgekehrt auch über ihre Rückkehr freute, konnte sie seiner Miene nicht entnehmen.

„Soll ich den Befehl zum Ausrücken geben?", fragte er.

„Noch nicht", erwiderte Meilins Vater. „Aber triff entsprechende Vorbereitungen und verdopple die Wachen an den oberen Wegen. Ist dir vielleicht jemand durch das Labyrinth gefolgt, Meilin?"

„Ganz sicher nicht", erwiderte sie. „In der Nähe der Stelle, wo der Bambus gefällt wird, mussten wir gegen maskierte Mörder kämpfen, aber wir konnten fliehen."

„Wir?", fragte General Teng.

„Eine Frau namens Xue hat mir geholfen", erklärte Meilin. „Sie ist eine Gezeichnete. Und ich glaube, sie war früher auch ein Grünmantel, vielleicht schon vor langer Zeit. Sie ist alt, aber immer noch stark."

„Wir kennen Xue", sagte der General. „Sie hält zu Zhong und steht auf unserer Seite. Ich freue mich, dass sie dir geholfen hat, auch wenn es mich überrascht. Komm, trinken wir Tee und unterhalten uns."

„Worüber willst du denn sprechen, Vater?“, fragte Meilin. „Ich bin gekommen, um mit dir und deiner Armee zu kämpfen. Sag mir, was ich tun soll, und ich werde es tun.“

„Meilin, das ist nicht so einfach …“

„Doch, es ist ganz einfach.“

„Genug, Meilin! Du vergisst, wer du bist.“

Der Tadel traf sie wie ein Schlag ins Gesicht und ihre Wangen brannten. Sie wusste genau, wer sie war und weshalb sie die weite Reise gemacht hatte. Wenn er ihr jetzt sagte, dass sie zu wertvoll und vornehm war, um an seiner Seite gegen die Eroberer zu kämpfen, musste er sich auf Widerstand gefasst machen.

Doch bevor sie noch etwas sagen konnte, ertönte von weiter oben, ungefähr von der Stelle, wo Meilin aus dem Labyrinth aufgetaucht war, ein Hornsignal. Vier Stöße hintereinander. Meilin erkannte es: Damit wurde nicht eine Patrouille gerufen, sondern Alarm geschlagen.

General Chin hob überrascht den Kopf.

„Man hat uns entdeckt!“, rief General Teng wütend. „An die Waffen, Soldaten!“

Mehrere Gongs nahmen den Alarm auf und ihre dumpfen Schläge hallten warnend durch die Festung. Soldaten rannten aus ihren Quartieren und versammelten sich auf dem Exerzierplatz.

Teng wandte sich an General Chin. „Bringe Meilin zum östlichen Eingang und erkläre ihr, wie sie von dort nach

Pharsit Nang kommt. Wir halten hier so lange aus wie möglich und treffen uns dann im südöstlichen Nachschublager. Sorge dafür, dass meine Tochter nicht wieder umkehrt, nachdem sie dich verlassen hat."

„Ich gehe hier nicht weg, Vater! Nicht schon wieder!", rief Meilin. „Ich bin eine Kriegerin und werde kämpfen! Für Zhong!"

General Teng schüttelte energisch den Kopf. „Du bist eine Kriegerin, stimmt, aber du bist auch ein Grünmantel. Deshalb ist es deine Pflicht, den Grünmänteln zu helfen."

„Nein, Vater, ich muss *dir* helfen."

Er packte sie an den Schultern und zwang sie, ihn anzusehen. „Nein, Meilin! Wir haben erfahren, dass sich in Pharsit Nang Grünmäntel aufhalten. Suche sie und schließe dich ihnen an. Du hättest sie nie verlassen dürfen. Chin erklärt dir, wie du nach Pharsit Nang kommst. Jetzt geh!"

Meilin starrte ihn an. Sie konnte einfach nicht tun, was er von ihr verlangte, und es war ihr egal, ob er oder sonst wer ihre Tränen sah. Wie konnte er sie einfach so wegschicken? Sie wollte nicht zu den Grünmänteln zurückkehren. Die Grünmäntel waren den Eroberern nicht gewachsen. Nur Zhong konnte gegen sie kämpfen, das wahre Zhong.

„Vater, ich habe die weite Reise nur deshalb …"

„Widersprich mir nicht! Die Vier Gefallenen gehören

zusammen. Ihr seid meine ganze Hoffnung." Er senkte die Stimme. „Und hier bei uns bist du nicht sicher."

„Wie … was soll das heißen?"

„Dass unsere Feinde uns so schnell gefunden haben, kann kein Zufall sein." General Teng flüsterte jetzt fast. Nur Meilin durfte ihn inmitten des Lärms der antretenden Soldaten hören. „Es gibt hier Verräter … oder noch Schlimmeres. Und unsere Feinde wollen dich und Jhi in ihre Gewalt bringen, aber das lasse ich nicht zu. Du wirst mir gehorchen, Meilin. Geh jetzt, und zwar schnell!"

Meilin trat zurück und starrte ihn entgeistert an. Verrat! Unter den getreuen Anhängern der alten Regierung! Sie konnte es kaum glauben. Aber wenn ihr Vater es sagte, musste es stimmen. Und sie musste darauf vertrauen, dass er sie nicht wegschickte, weil er sie für schwach hielt, sondern weil er aufrichtig um ihre Sicherheit besorgt war.

„Du stehst immer noch vor mir, Meilin! Ich bitte dich, geh! Wie kannst du dich so hartnäckig weigern zu tun, was getan werden muss?"

Er klang so streng, so fassungslos, dass es Meilin trotz der Hitze kalt überlief, als hätte jemand einen Eimer eiskaltes Wasser über ihr ausgeschüttet.

Vielleicht gehörten Jhi, Essix, Briggan und Uraza ja wirklich zusammen und dasselbe galt dann auch für ihre Partner. Sie hatte die anderen im Zorn verlassen – genau davor hatte Finn sie vor ihrer Reise nach Eura gewarnt. In ihrem blinden Zorn hatte sie nur an sich gedacht, nicht an das, was für alle am besten war.

Sie unterdrückte ihre Tränen. Sie hatte endlich ihren Vater gefunden und nun wurde sie von ihm selbst wieder weggeschickt … Ihr Kummer war schier unerträglich, aber sie musste ihn doch ertragen. Ihr Vater befahl ihr nicht einfach zu gehen, er hatte sie inständig darum gebeten. Er behandelte sie wie eine gleichberechtigte Partnerin, die allerdings dickköpfig und uneinsichtig war.

„Ja, Vater", flüsterte sie. „Ich gehe."

„Das ist gut", sagte er in einem Ton, den sie besser kannte. Als sie sich aufrichtete, meinte sie hinter seiner strengen Miene den Anflug eines Lächelns zu erahnen. Eines traurigen Lächelns zwar, aber immerhin eines Lächelns.

„Ich bin bereit", sagte sie an General Chin gerichtet. Dann verbeugte sie sich vor ihrem Vater. „Leb wohl."

„Leb wohl, Meilin."

Sie wandten sich genau gleichzeitig voneinander ab. General Teng folgte rasch seinen Soldaten, die bereits durch das Tor der Festung marschierten. General Chin eilte mit Meilin in die entgegengesetzte Richtung. Der General blickte dabei immer wieder über die Schulter und sah die Talflanke hinauf.

Auch Meilin drehte sich noch einmal um. Mit jedem

Schritt verstärkte sich das Gefühl, dass ein Teil von ihr hier zurückbleiben würde.

Der Kampf hatte bereits begonnen. Regierungstreue Soldaten standen Schild an Schild an dem engen Eingang zum Labyrinth. Doch für jeden Gegner, den sie niedermähten, stürmten drei neue gegen die Mauer aus Schilden an. Bogenschützen kletterten mit eisernen Dornen die Bambusstämme hinauf, genau wie die Attentäter, die Meilin aufgelauert hatten. Bald würde ein Pfeilhagel auf die Verteidiger niedergehen.

Nur der schmale Weg und die Tapferkeit der Soldaten hielten den Gegner noch auf. Der Wind trieb den Kampflärm in Meilins Richtung, das Geschrei und das Klirren der Schwerter. Lange konnten die Verteidiger die Angreifer nicht mehr abwehren, auch wenn ihr Vater ihnen mit seinen Soldaten zu Hilfe eilte.

„Wenn wir Glück haben, halten sie bis Einbruch der Nacht stand und können im Schutz der Dunkelheit fliehen“, sagte Chin. „Ich verstehe nur nicht, wie die Eroberer uns im Labyrinth so schnell finden konnten!“

„Mir sind sie nicht gefolgt“, sagte Meilin trotzig. „Das weiß ich ganz sicher! Vielleicht sind unter ihren Seelentieren auch Vögel wie Essix, die das Labyrinth von oben überblicken.“

„Wir schießen alle Vögel ab“, erwiderte Chin. Er schüttelte den Kopf, wie um einen lästigen Gedanken zu verscheuchen. „Komm. Nach Pharsit Nang ist es ein anstrengender zweitägiger Marsch. Ich werde dich möglichst schnell auf den Weg bringen und anschließend hierher zurückkehren. Ich sage dir, welche Abzweigungen du im Labyrinth nehmen musst. Hör mir gut zu!“

Der Tod der untergehenden Sonne

Abeke wachte mit hämmernden Kopfschmerzen auf. Außerdem hatte sie Durst und ihr Magen knurrte. Die Sonne brannte durch eine Lücke in den Wolken auf sie hinab. Die Wolken waren dick und schwer, als könnte es jederzeit losregnen. Abeke lag im hohen Gras und konnte weder Arme noch Beine bewegen. Sie versuchte krampfhaft sich daran zu erinnern, was passiert war. Offenbar war sie gefesselt. Aber … warum …?

Dann fiel es ihr ein und sie stöhnte, mehr vor Schreck als vor Schmerzen. Es waren zu viele Pfeile gewesen. Nicht einmal mithilfe ihrer Seelentiere hatten die Grünmäntel ihnen entkommen können. Die Pfeile hatten sie getroffen und das Gift war in ihr Blut gelangt. Rollan war als Erster zu Boden gegangen, dann Conor. Lishay war Abeke zu Hilfe geeilt, aber mitten im Laufen ebenfalls erwischt worden. Zuerst hatte sie die Augen verdreht, bis nur noch das Weiße zu sehen war, dann waren die Beine unter ihr eingeknickt und zuletzt war sie mit dem Gesicht voraus auf den Boden gefallen.

Abeke, die noch den Granitwidder getragen hatte, hatte sich mit seiner Hilfe durch einen langen Satz in Sicherheit bringen wollen. Doch mitten im Sprung über die Wand aus Nashörnern hatte ein Pfeil sie seitlich in den Hals getroffen. Uraza hatte irgendwo hinter ihr laut gejault. Dann hatte sich die Umgebung um sie zusammengezogen und war von den Rändern ihres Blickfelds her immer dunkler geworden, bis sie zuletzt das Gefühl gehabt hatte, durch einen langen schwarzen Tunnel zu blicken. Mit letzter Kraft hatte sie Uraza zu sich zurückgerufen und sie hatte sich in das Tattoo verwandelt. Dort konnte ihr nichts passieren und sie konnte ihr womöglich helfen, wenn sie aufwachte.

Wenn sie überhaupt noch einmal aufwachte …

Abeke wusste nicht, wie viel Zeit seitdem vergangen war. Blinzelnd sah sie zum Himmel hinauf. Sie musste dankbar sein, dass sie noch lebte, auch wenn sie keine Ahnung hatte, was sie jetzt tun sollte. Ihre Hände waren mit einem Lederriemen gefesselt. Die Fessel an ihren Füßen fühlte sich rau an wie ein Seil.

Sie drehte sich auf die Seite und stellte fest, dass Conor und Lishay neben ihr lagen. Beide waren wach und ebenfalls gefesselt. Hinter Lishay lag Rollan auf dem Rücken. Er trug keine Fesseln, bewegte sich aber nicht. Sein Gesicht war kreideweiß. Vielleicht war er krank, vielleicht sogar …

„Rollan!"

„Er lebt", beruhigte Conor sie. „Aber er scheint sehr krank zu sein. Ich mache mir Sorgen."

„Er sah schon davor krank aus", meinte Lishay. „Aber vielleicht reagiert er auch einfach besonders stark auf das Gift."

„Wir müssen ihm helfen." Abeke setzte sich auf und rutschte Zentimeter für Zentimeter näher an Rollan heran. „Habt ihr Tarik gesehen?"

Conor schüttelte den Kopf.

„Wir werden ihn auch nicht sehen, solange er nicht gesehen werden will", sagte Lishay leise.

Abeke blickte sich um. Das Elefantengras war so hoch, dass sie, abgesehen von ein paar Baumwipfeln, nichts von ihrer Umgebung ausmachen konnte.

„Liegen wir auf derselben Lichtung?"

„Nein", erwiderte Lishay. „Wir sind woanders. Offenbar hat man uns hierher getragen."

„Ob sie uns für eine Belohnung an die Eroberer ausliefern wollen?", überlegte Abeke.

„Das entspräche nicht ihrer Art. Sie werden uns irgendwie bestrafen. Meist muss man irgendeine schwierige Prüfung machen, um seine Unschuld zu beweisen. Wer nicht besteht, wird getötet. Wir sollten also möglichst bestehen."

„Aber was haben wir denn verbrochen?", fragte Conor ratlos.

„Wenn sie uns töten wollten, hätten sie das schon getan", meinte Abeke. „Wie lange sind wir schon hier?"

„Schwer zu sagen." Lishay machte eine Pause. „Ich glaube, wir waren zwei Tage lang bewusstlos."

Abeke schüttelte verdattert den Kopf. Zwei Tage! Kein Wunder, dass sie solchen Durst hatte.

„Holt die Gefangenen!"

Der Ruf und das Trampeln von Füßen schreckte sie auf. Sechs Männer kamen auf sie zu. Drei halfen Lishay, Abeke und Conor ziemlich grob beim Aufstehen. Die anderen drei hoben Rollan auf. Er hing schlaff in ihren Armen und sein Kopf baumelte hin und her.

Die Lichtung war viel größer als die, auf der man sie gefangen genommen hatte. In der Mitte ragte ein hoher Felsen in Form eines Nashorns aus dem Gras. Darauf stand ein Mann mit einem mächtigen Bart, gekleidet in das Gewand und den Turban eines Nashornreiters. Um seinen Hals hing eine Kette mit einem gekrümmten goldenen Horn als Anhänger.

Sie wurden zu dem Felsen geführt und Abeke sah sich um. Hinter ihr standen in endlosen Reihen Hunderte von Nashornreitern mit ihren Tieren. Manche hatten den Blick auf den Mann auf dem Felsen gerichtet, manche beobachteten die Gefangenen.

„Ich bin Jodoboda", sagte der Mann. „Der Anführer der Tergesh, die ihr als Nashornreiter bezeichnet. Nennt eure Namen und hört euer Urteil!"

„Ich bin Lishay, ein Grünmantel", sagte Lishay. „Wir sind gekommen, um …"

„Nur die Namen!", brüllte Jodoboda.

„Ich bin Abeke", sagte Abeke stolz. „Von Okaihee."

„Und ich Conor", sagte Conor. „Eigentlich von nirgends."

„Und euer Gefährte?"

„Das ist Rollan", sagte Lishay. „Er ist krank und braucht …"

„Schweig!", brüllte Jodoboda. „Ab jetzt spricht nur noch einer von euch. Und zwar … du."

Er zeigte auf Conor. Conor schluckte und sah Lishay an, die ihm mit einem kaum wahrnehmbaren Nicken Mut zusprach.

„Also … wir sind Grünmäntel", sagte Conor stockend. „Wir führen … nichts Böses gegen die Nashornreiter im Schilde. Wir müssen dringend den Elefanten Dinesh finden."

„Wir sind die Tergesh. Wusstet ihr, dass dieses Land uns gehört?"

„Äh, ja, aber wir hofften, wir könnten … äh … uns heimlich durchschleichen."

Bei Conors ungeschickter Bemerkung ballte Abeke die

gefesselten Fäuste, verzog aber keine Miene. Sie wollte Jodoboda gegenüber keine Schwäche zeigen. „Wir haben es sehr eilig", fuhr Conor fort. „Die Eroberer, die dem großen Schlinger dienen … also sie suchen Dinesh auch. Sie sind in Kho Kensit eingefallen und haben bereits Xin Kao Dai erobert."

„Das wissen wir", sagte Jodoboda. „Wenigstens seid ihr also keine Eroberer."

„Wenn ihr also nichts dagegen habt, würden wir gern weiter durch euer Land reisen und Dinesh suchen", sagte Conor. „Außerdem brauchen wir Hilfe für Rollan. Er ist krank, wie man sieht …"

„Die Tergesh erlauben Fremden nicht, unbeaufsichtigt ihr Land zu durchqueren", erwiderte Jodoboda. „Wir können nicht zulassen, dass ihr auf der Suche nach Dinesh ziellos durch die Gegend marschiert."

„Aber wisst ihr denn, wo er ist?", rief Conor kläglich.

„Ja", antwortete Jodoboda. „Aber warum sollte ich euch das verraten? Warum sollte ich euch helfen?"

„Ihr werdet uns helfen, weil sonst ein Kind stirbt und weil die Tergesh ehrenhafte Menschen sind, keine Ungeheuer!"

Unter den Nashornreitern breitete sich Unruhe aus. Die Stimme, die das gerufen hatte, kam aus ihren Reihen.

Jodoboda runzelte verwirrt die Stirn und sein Bart schien sich zu sträuben.

„Wer hat da gesprochen?“, brüllte er. „Er soll sofort vortreten!“

Eine Gestalt mit einem Turban trat aus der Menge. Sie war von Kopf bis Fuß in ein langes Gewand eingehüllt, doch als sie neben den Gefangenen stand, nahm sie den Turban ab.

Lishays Miene hellte sich auf.

„Tarik!“, rief Conor. „Wie hast du uns gefunden?“

Über ihnen ertönte der durchdringende Schrei eines Falken. Essix ging im Sturzflug auf Conor nieder, stoppte knapp über seinem Kopf und kreiste einmal um die Lichtung. Dann landete sie mit ausgestreckten Krallen neben dem bewusstlosen Rollan im Gras und hüpfte auf seine Brust.

„Was ist das denn?“, rief Jodoboda verwirrt und zeigte mit beiden Händen auf den Falken. Die Reiter zogen den Kreis um die Gefangenen enger.

So erleichtert Abeke über Tariks Ankunft war, angesichts der vielen Nashornreiter wurde ihr wieder mulmig.

„Wir wollten euch nicht kränken und euch auch nichts Böses tun“, sagte Tarik mit einer tiefen Verbeugung. „Lasst uns passieren und wir garantieren, dass ihr keinen Schaden davon habt.“

„Keinen Schaden? Wir?“ Jodoboda legte den Kopf in den Nacken und lachte dröhnend, als wäre das der beste Witz aller Zeiten.

Sein Lachen verstummte abrupt, als plötzlich eine schmale Gestalt hinter ihm auftauchte und ihm ein Messer an die Kehle hielt.

„Wie mein Freund schon sagte, wir garantieren es euch“, erklärte Meilin.

Abeke riss überrascht die Augen auf.

„Meilin!“, rief Conor. „Was …? Wie …?“

„Ihr wollt uns nicht kränken?“, fragte Jodoboda leise. Er wirkte trotz des Messers an seiner Kehle überraschend ruhig. „Aber du stehst auf dem Felsen des Volkes, was auf jeden Fall eine Kränkung bedeutet. Steig runter und wir reden darüber.“

Meilin zögerte und ihr Blick fiel zum ersten Mal auf Rollan, der noch immer auf dem Boden lag. Sie kniff die Augen zusammen und drückte das Messer fester an Jodobodas Kehle. „Was habt ihr mit Rollan gemacht?“, rief sie.

„Nichts!“, antwortete Abeke. Sie klang ganz ruhig. „Er ist krank. Die Nashornreiter haben ihm nichts getan. Lass uns in Ruhe miteinander reden.“

Meilin sah Tarik an, der nickte. Wieder zögerte sie, dann senkte sie langsam das Messer.

„Ihr seht, dass wir euch nichts tun wollen“, sagte Tarik.

Meilin kletterte vom Felsen herunter, kniete sich neben Rollan und legte ihm vorsichtig den Handrücken an die Stirn. Dann blickte sie zu Conor und Abeke auf. Conor hob die Hand, Abeke nickte, zu mehr war jetzt keine Zeit.

Sie konnten sich später noch richtig begrüßen und einander von ihren Abenteuern berichten.

„Das weiß ich jetzt“, sagte Jodoboda und rieb sich den Hals. „Deshalb und auch aus anderen Gründen habe ich beschlossen, dass wir euch helfen.“

„Ihr bringt uns zu Dinesh und sorgt dafür, dass Rollan wieder gesund wird?“, fragte Conor.

„Nein. Einem alten Brauch zufolge dürfen wir das nicht so ohne Weiteres tun. Zuerst müsst ihr eine Aufgabe meiner Wahl meistern. Wenn ihr das getan habt, werden wir euch beistehen.“

„Das versteht ihr also unter Hilfe?“, fragte Meilin empört und legte wieder die Hand an ihr Messer.

Conor schluckte. „Was für eine Aufgabe?“

Jodoboda strich sich mit den Fingern über den Bart und der Blick seiner tief liegenden Augen verweilte auf Rollan. Dem Jungen ging es sichtlich schlecht. Sein Gesicht war mit roten Flecken übersät.

„Bringt mir vier Bananenkürbisse aus dem Sumpf“, sagte er. „Einen für jeden Gefallenen.“

„Bananenkürbisse?“, wiederholte Conor. „Das ist alles?“

„Alles? Ihr haltet es für eine unwürdige Aufgabe?“

„Ihr macht euch über uns lustig!“, rief Meilin.

„Ich versichere euch, ich meine es todernst“, erwiderte Jodoboda streng. „Euer Freund leidet am Tod der untergehenden Sonne. Heilen kann man diese Krankheit nur mit den Samen des Bananenkürbisses. Wenn er nicht vor morgen Abend damit behandelt wird, stirbt er."

Alle sahen Rollan an. Die roten Flecken auf seinem Gesicht hatten die Farbe der untergehenden Sonne. Auf seiner Stirn standen kleine Schweißperlen, sein Atem ging flach.

„Dann stirbt er?", rief Meilin ängstlich. „Wir müssen sofort aufbrechen!"

„Aber nicht alle von uns", sagte Tarik. „Kann Jhi Rollan vielleicht helfen? Mit ihren Heilkräften ..."

„Natürlich", sagte Meilin sofort. Mit einem Blitz erschien der Panda. Jhi blickte auf Rollan hinunter, seufzte und begann ihm den Kopf zu lecken. Der Junge, der bisher nur reglos dagelegen hatte, stöhnte und bewegte sich unruhig.

„Wie konnte das passieren?", fragte Meilin und sah die anderen anklagend an.

„Wir ... ich ... habe es zunächst gar nicht bemerkt", sagte Abeke leise und beschämt. „Er hat nichts gesagt."

„Ich hätte es merken müssen", sagten Lishay und Tarik gleichzeitig.

„Jhi hilft ihm", sagte Abeke. „Seht doch, die roten Flecken sind schwächer geworden."

Der Ausschlag war tatsächlich zurückgegangen, aber nicht ganz verschwunden.

„Dein Seelentier konnte sein Leiden lindern, aber es gibt

nur ein Heilmittel", erklärte Jodoboda. „Wir müssen uns nun um andere Dinge kümmern, aber wir kehren morgen vor Sonnenuntergang zurück. Kommt mit den Bananenkürbissen hierher. Wenn euch das gelingt, erlauben wir euch, zum See des Elefanten weiterzuziehen. Wenn nicht, stirbt euer Freund und wir bringen euch an die Grenze unseres Landes … was euch dahinter erwartet, ist eure Sache."

„Wo liegt dieser Sumpf denn?", fragte Conor.

Jodoboda lächelte grimmig.

„*Ihr* müsst die Aufgabe lösen, nicht ich", sagte er. Er ging zu einem wartenden Nashorn, sprang auf seinen Rücken, tätschelte ihm die Flanke und ergriff eine Kette, die durch ein Loch im Ansatz des spitzen Horns führte. Dann hob er die Hand und zeigte nach Westen. Die anderen Reiter erwachten zum Leben. Mit heiserem Gebrüll sprangen sie auf ihre ledrigen Reittiere, ritten um die Gefangenen und den großen Felsen herum und galoppierten von der Lichtung.

Tarik nahm Abeke die Fesseln ab, dann befreiten sie gemeinsam die anderen. Meilin wich nicht von Rollans Seite. Ihre Hand lag auf Jhis Nacken und der Panda leckte weiter mit langsamen Bewegungen den Kopf des Jungen.

„Weißt du, wo dieser Sumpf liegt, Lishay?", fragte Abeke.

Lishay nickte. „In etwa. Wir sollten so schnell wie möglich aufbrechen. Tarik, bleibst du bei Rollan und Meilin?"

„Ich weiß nicht, ob das nötig ist", sagte Tarik. „Die Nashornreiter haben diesen Platz bestimmt nicht ungeschützt zurückgelassen. Deshalb müsste es reichen, wenn Meilin auf Rollan aufpasst."

Der Falke hob den Kopf und schrie durchdringend.

„Zusammen mit Essix und Jhi natürlich", ergänzte Tarik. „Vielleicht braucht ihr Lumeo und mich im Sumpf."

„Aber wir holen ja nur ein paar Bananenkürbisse", meinte Abeke. „Kann das so schwer sein?"

Niemand antwortete.

„Ehe wir gehen, muss ich noch etwas fragen", sagte Conor und sah Meilin bittend an. „Ich muss es wissen, Meilin. Warum … bist du zurückgekehrt?"

Meilin stand auf und erwiderte seinen Blick. Die Spannung zwischen den beiden war mit Händen zu greifen und Abeke wollte sich schon einmischen, bevor es zum Streit kam.

Aber die beiden stritten sich nicht.

„Ich … ich habe einen Fehler gemacht", sagte Meilin. „Ich hätte nicht gehen sollen, Conor."

„Oh", sagte Conor. Er bekam knallrote Ohren, wandte den Blick aber nicht ab und entschuldigte sich auch nicht, was Abeke am meisten erstaunte. „Ich bin froh, dass du wieder da bist", sagte er. „Hast du deinen Vater gefunden?"

Meilin nickte, ohne weiter auf das Thema einzugehen. Sie wollte offensichtlich nicht darüber sprechen. „Auf dem Weg nach Zhong habe ich mich im Großen Bambuslabyrinth verirrt. Eine Frau, eine Gezeichnete, hat mich gerettet. Ich glaube, sie war früher auch ein Grünmantel. Sie hieß Xue."

„Xue!", rief Tarik.

„Du kennst sie?"

„Ich dachte, sie sei tot. Xue hat die Grünmäntel schon vor langer Zeit verlassen. Sie hat uns vorgeworfen, dass wir lieber diskutieren, statt zu handeln."

„Damit hat sie Recht", sagte Meilin und blickte auf Rollan hinunter. „Denn auch jetzt reden wir zu viel und tun zu wenig."

Lishay nickte. „Wir müssen los."

Abeke und Conor wechselten einen Blick. Meilin war eben erst zu ihnen zurückgekehrt und nun mussten sie sich schon wieder trennen. Es fühlte sich nicht richtig an, so, als forderten sie das Schicksal heraus.

„Viel Glück", sagte Meilin und wandte sich dann wieder Rollan zu.

„Dir auch", sagte Conor. „Pass gut auf ihn auf."

„Wir sind bald wieder da", versprach Abeke.

Gefährliche Gewässer

„Ab hier müssen die Seelentiere uns führen", sagte Tarik und ließ den Blick über den Sumpf vor ihnen wandern. Die letzte Stunde war es abwärts gegangen. Der Waldboden war immer feuchter geworden, die Bäume hatten sich gelichtet. Jetzt standen sie vor offenem Gelände, durchzogen von Tümpeln, deren Ränder von Schilfbüscheln gesäumt wurden. Aus dem Wasser ragten kleine, morastige Inseln, die vollkommen mit Unkraut zugewuchert waren. Aus dunklen Winkeln leuchteten ihnen grellfarbene Pilze entgegen. Conor kannte keinen einzigen davon, aber bestimmt waren sie alle hochgiftig.

„Uraza gefällt das bestimmt nicht", sagte Abeke und rief ihr Seelentier.

„Briggan auch nicht." Conor folgte ihrem Beispiel.

„Aber wenn sie draußen sind, können sie uns vielleicht

helfen", sagte Lishay und kraulte Zhosur hinter den Ohren. Der Tiger schnurrte fast wie eine Hauskatze, nur viel tiefer und dreimal so laut.

„Wie wachsen denn Bananenkürbisse?", fragte Conor.

„Auf palmenähnlichen Bäumen", antwortete Lishay. „Es muss hier irgendwo eine größere Insel geben. Im Wasser wächst diese Pflanze nicht."

„Ich frage mich, ob Briggan einen Bananenkürbisbaum riechen würde", überlegte Conor. Er hockte sich vor den Wolf. „Kennst du Bananenkürbisbäume?"

Briggan leckte ihm über das Gesicht. Conor lehnte sich zurück und lachte, zum ersten Mal seit langer Zeit. Meilins Rückkehr hatte ihn von einer Last befreit, die er lange mit sich herumgetragen hatte. „Ich weiß nicht, ob das ein Ja ist. Zeigst du uns den Weg, Briggan?"

Der Wolf drehte sich um und lief los, wobei er die Schnauze schnuppernd in die Luft hielt. Im Zickzack bahnte er sich einen Weg durch den Sumpf und steuerte eine der kleinen Inseln an.

„Wir sollten möglichst genau seiner Spur folgen", sagte Conor. „Sonst versinken wir im Morast."

Vorsichtig wateten sie hinter Briggan her. Zhosur schien das Wasser nicht so viel auszumachen, aber Uraza jaulte und hob die Tatzen so hoch wie möglich.

„So schlimm ist es nicht", meinte Abeke. „Vor uns kommt wieder fester Boden."

„Und Briggan führt uns ja“, fügte Conor hinzu. Doch im nächsten Augenblick trat der Wolf daneben und verschwand mit einem lauten Platschen. Kurz darauf tauchte er wieder auf und schwamm mit einer heftig paddelnden Bewegung zu der Stelle zurück, an der er eingesunken war.

„Ich hätte ihn nicht ablenken dürfen“, sagte Conor entschuldigend und entfernte mit einigen raschen Bewegungen den Schlamm vom Fell des Wolfes.

„Hier ist alles mit Wasser bedeckt“, überlegte Tarik. „Das ist Lumeos natürliche Umgebung. Am besten geht er von hier an voraus.“

Mit einem glucksenden Laut sprang Lumeo von Tariks Schulter ins Wasser und verschmolz damit, als wäre er selbst flüssig. Er tauchte einige Male unter und schwamm mal hierhin, mal dorthin. Schließlich schoss er in eine Richtung davon. Die Grünmäntel sahen, dass er das Wasser gelegentlich verließ, um mit kleinen Sprüngen über den matschigen Erdboden zu hüpfen.

„Gebt ihm ein wenig Zeit, dann findet er einen Weg“, sagte Tarik.

Lumeo kehrte zurück und führte sie weiter in den Sumpf hinein. Nach ein paar Kilometern gelangten sie zu einigen größeren Inseln, die höher gelegen und trockener waren als die bisherigen morastigen Erhebungen. Auf einigen wuchsen sogar Bäume, allerdings keine Bananenkürbisbäume, wie sich bei näherem Hinsehen herausstellte.

„Es wird dunkel“, sagte Conor mit einem Blick zum Himmel. „Wir sollten uns bald eine Insel zum Übernachten suchen.“

„Lieber nicht“, erwiderte Lishay.

„Aber wir wollen doch wohl nicht nachts durch den Sumpf waten?“

„Seht!“, rief Tarik und zeigte auf sein Seelentier.

Lumeo hatte sich auf die Hinterbeine aufgerichtet und den Kopf schräg gelegt. Briggan begann zu winseln und lief im Kreis um Conor. Die beiden großen Katzen stellten die Ohren auf und knurrten gleichzeitig.

In der Ferne sahen sie eine lange Reihe von Fackeln, die in der Dämmerung auf und ab hüpften. Es war zu dunkel, um die Träger genauer zu erkennen.

„Menschen mit Fackeln, die durch den Sumpf waten.“ Tarik schüttelte den Kopf. „Merkwürdig.“

„Das sind keine Nashornreiter“, erklärte Conor. Briggan hätte sie bestimmt am Geruch erkannt.

„Da ist auch etwas im Wasser“, sagte Tarik. Lumeo sprang wieder auf seine Schulter und gemeinsam spähten sie zu den Lichtpünktchen hinüber. „Schatten, die sich … schnell bewegen.“

„Das könnten Krokodile sein“, meinte Lishay. „Hier gibt es allerdings nur Süßwasserkrokodile, die nicht so groß sind und auch keine Menschen angreifen …“

„Es sei denn, man hat ihnen den Gallentrank verabreicht“, fiel Tarik ihr düster ins Wort. „Die Schatten im Wasser bewegen sich schnell und sie werden von den Fackelträgern angetrieben.“

„Sie kommen in unsere Richtung“, sagte Abeke. „Das kann kein Zufall sein.“

„Sollten wir uns nicht lieber auf eine Insel zurückziehen?“, fragte Conor nervös. Er fühlte sich unwohl, solange er im Wasser stand.

Tarik nickte. „Das ist wahrscheinlich die beste Alternative.“ Die wenigen größeren Inseln waren im Zwielicht nur noch schemenhaft zu erkennen. Er zeigte auf die nächstgelegene Insel. „Suche einen Weg dorthin, Lumeo.“

Lumeo gehorchte sofort und die anderen folgten ihm. Sie waren froh, das Wasser verlassen zu können und wieder festen Boden unter den Füßen zu haben. Die Insel ragte allerdings nur etwa einen Meter aus dem Wasser und in ihrer Mitte wuchsen einige kümmerliche Palmen. Verstecken konnte man sich hier nirgends und es gab auch keinen Schutz vor den Krokodilen oder den Menschen, die sie in ihre Richtung trieben.

„Es ist schon fast Nacht“, sagte Conor.

„Versuche, die Umgebung mit Briggans Sinnen wahrzunehmen“, riet Tarik. „Du auch, Abeke. Bitte dein Seelentier um Hilfe. Ich mache dasselbe mit Lumeo.“

„Und ich mit Zhosur“, ergänzte Lishay. „Nicht alle Bindungen sind dafür geeignet, aber …“

Sie sprach den Satz nicht zu Ende, sondern griff blitzschnell nach ihrem Schwert. Das Wasser begann plötzlich zu brodeln und zwei riesige Krokodile krochen an das schlammige Ufer der Insel. Beide waren etwa vier Meter lang und über und über mit wulstigen Muskeln bedeckt. Ihre tief liegenden roten Augen blitzten wütend.

Das sind keine Seelentiere, dachte Conor noch, da griffen sie schon an.

Die beiden Raubkatzen stürzten sich auf ein Krokodil. Zhosur sprang fauchend über das Tier hinweg und verbiss sich mit seinen gewaltigen Zähnen in dessen linkes Hinterbein. Uraza packte das rechte. Sie ließen nicht mehr los und stemmten sich mit den Tatzen in den Boden, während das Krokodil mit dem Schwanz hin und her schlug, den Hals nach hinten bog und mit seinem langen, mit scharfen Zähnen besetzten Maul nach ihnen schnappte. Tarik sprang vor und stieß ihm sein Schwert mit beiden Händen in die Kehle.

Briggan rannte dem zweiten Krokodil entgegen, sprang im letzten Moment zur Seite, als es nach ihm schnappte, und lockte es mit einem zweiten Sprung weiter auf die Insel. Conor schlug mit seiner Axt auf das Hinterteil des Krokodils ein.

Abeke blieb ganz ruhig an ihrem Platz stehen, legte einen Pfeil an und schoss auf den Kopf des Reptils. Sie zielte auf das Auge, verfehlte es aber knapp und der Pfeil prallte von der dicken Haut ab. Das Krokodil schnappte wieder nach Briggan, der sich nur knapp in Sicherheit bringen konnte. Das Tier hatte es auf seinen Schwanz abgesehen, doch stattdessen knallte es mit der Schnauze gegen den Baum, hinter den Briggan sich duckte.

Kurz entschlossen rannte Conor den breiten Rücken des Krokodils entlang und balancierte über die mit Dornen besetzten Kämme. Das Krokodil wich zurück und Conor wäre fast hinuntergefallen. Er holte mit der Axt aus und schlug sie unmittelbar hinter den Augen des Krokodils tief in dessen Kopf.

Zu seinem Staunen und Schrecken war es nicht tot. Stattdessen wurde es nur noch wütender. Es schüttelte den Kopf mitsamt der im Nacken steckenden Axt hin und her, brüllte und warf sich auf den Rücken. Conor konnte gerade noch zur Seite springen, sonst hätte es ihn unter seinem Rumpf zerquetscht.

In Ermangelung seiner Axt zog er sein Messer, obwohl er damit wenig ausrichten konnte.

Das Krokodil drehte sich wieder auf die Beine und kam auf ihn zu. Die Axt ragte wie ein merkwürdiger Helm aus seinem Kopf. Conor starrte unverwandt auf die wütend funkelnden roten Augen, bereit, zur Seite zu springen, sobald es nach ihm schnappte.

Da stand plötzlich Abeke neben ihm und schoss aus kürzester Entfernung einen Pfeil in die eine Augenhöhle und einen zweiten in die andere, beide Male mit solcher Wucht, dass die Pfeile bis zu den Federn eindrangen. Das Krokodil schleppte sich noch ein paar Schritte über den Boden, scharrte mit den Füßen im Morast und brach schließlich zusammen.

Tarik half Conor, die Axt aus dem toten Krokodil zu ziehen. Die wulstigen Muskeln waren hart wie Stein.

„Schnell!“, rief Lishay, die auf dem Rücken des anderen Krokodils stand und den Blick über die Umgebung wandern ließ. „Schlagt ein paar Äste von dem Baum ab, die wir als Knüppel verwenden können. Dann müssen wir verschwinden, denn es kommen noch mehr von diesen Biestern.“

Conors Axt löste sich mit einem hässlichen Schmatzen. Tarik legte Conor die Hand auf die Schulter und sie traten zu Lishay.

„Geht weiter in diese Richtung“, sagte Tarik zu Conor und Abeke. „Wir lenken die anderen Krokodile ab und kommen dann nach.“

„Ist das nicht gefährlich?“, fragte Abeke.

„Keine Angst“, beruhigte Lishay sie. „Euch passiert nichts, solange ihr immer schön in Deckung bleibt.“

Die Zähne des Mädchens leuchteten durch die Dunkelheit. „Ich meinte, gefährlich für euch.“

Tarik erwiderte ihr Grinsen und wechselte einen Blick mit Lishay. Die nickte ihm zu, dann rannten die beiden und ihre Seelentiere zum anderen Ende der Insel und stürzten sich schreiend und spritzend ins Wasser. Aus der Ferne antworteten ihnen Schreie und Conor und Abeke sahen, wie die Fackelträger in die Richtung der beiden Grünmäntel schwenkten.

„Hast du auch den Eindruck, dass die beiden etwas zu viel Spaß an der Sache haben?", fragte Conor.

„Das Vertrauen eines Freundes ist kostbar", sagte Abeke. „Es macht sogar die dunkelste Nacht erträglich."

Conor trat verlegen von einem Bein auf das andere. Er wusste nicht, ob sie von Tarik und Lishay sprach oder davon, wie er Rollans Vertrauen missbraucht hatte. Wenn Meilins Rückkehr nun nicht reichte, um den Bruch zwischen ihnen zu heilen? Wenn Rollan starb, konnten sie sich nie wieder versöhnen …

„Schlag schnell ein paar Äste ab, aber möglichst leise", sagte Abeke. „Uraza und ich halten Wache."

Conor ging zum nächsten Baum und machte sich an die Arbeit. Er hielt die Axt ganz nah an der Schneide, um möglichst wenig Lärm zu verursachen. Obwohl er wusste, dass Abeke und Uraza hinter ihm aufpassten, überlief ihn ein Schauer nach dem anderen. Bei jedem kleinsten Geräusch erwartete er, das sich gleich ein Krokodil auf ihn stürzen würde.

Noch nie hatte er so schnell mit der Axt gearbeitet. Er gab Abeke einen der beiden Äste, dann eilten sie zur anderen Seite der Insel und suchten dort nach einem Weg.

„In welche Richtung sollten wir gehen?“, fragte er. Er hatte während des Kampfes mit den Krokodilen die Orientierung verloren.

„In diese.“ Abeke streckte die Hand aus. „In dieselbe, in die wir auch vorhin gegangen sind. Auf die Sterne zu, die einen Elefantenrüssel bilden. Siehst du sie?“

Conors Blick folgte ihrem Arm. Einige Sterne waren tatsächlich angeordnet wie ein Elefantenrüssel. Es handelte sich nicht um ein ihm bekanntes Sternbild.

„Vielleicht ist das ja ein gutes Omen“, sagte er leise, froh darüber, dass überhaupt Sterne zu sehen waren. Zwar war der Himmel auch hier bewölkt, aber die Wolken waren nicht so dicht wie über dem Dschungel. Er wünschte sich allerdings, die Sterne hätten mehr Licht gegeben, damit sie sehen konnten, ob ihnen jemand auflauerte.

Briggan rieb sich an seiner Hüfte, um ihn auf sich aufmerksam zu machen. Er blickte zu den schwarzen Augen des Wolfs hinunter. Was hatten sie in der Nacht gesehen?

„Warte mal“, sagte er zu Abeke. „Tarik hat doch gesagt, unsere Seelentiere könnten uns mit ihren Sinnen helfen.“

„Stimmt!“

Abeke bückte sich und schlang die Arme um Uraza. Conor kniete sich neben Briggan und tat dasselbe. Sie schlossen die Augen und baten ihre Seelentiere leise, ihnen sehen zu helfen.

Als sie die Augen wieder öffneten, stockte Conor der

Atem. Er sah tatsächlich viel mehr, aber zugleich war seine Umgebung in ein seltsam bläuliches Licht getaucht. Es war nicht so hell, dass es Schatten geworfen hätte, aber er konnte viel weiter über das Wasser sehen.

Außerdem war sein Geruchssinn viel besser. Am deutlichsten nahm er Briggan wahr, aber er konnte auch die verschiedenen Pflanzen in seiner Umgebung riechen, genau wie Uraza, Abeke und sich selbst. Er rümpfte die Nase und musste niesen, konnte das Geräusch aber im letzten Moment noch mit der Hand dämpfen.

Briggan blickte mit heraushängender Zunge grinsend zu ihm auf und bellte kurz, als wäre er amüsiert.

„Funktioniert es?", fragte Abeke.

Conor nickte. „Ich rieche auch besser! Und bei dir?"

„Ich weiß nicht." Abeke überlegte. Uraza stieß unsanft mit dem Kopf gegen ihre Stirn und rieb sich daran. „Alles ist irgendwie heller, aber meine Augen fühlen sich merkwürdig an … Ich muss mich an dieses Sehen noch gewöhnen. Geh du lieber erst mal voran."

Sie wateten hinaus und Conor tastete mit dem Stock nach festem Boden. Abeke und die Seelentiere folgten ihm zögernd. Uraza fauchte bei fast jedem Schritt, Briggan knurrte ein paarmal, als das Wasser tiefer wurde oder er durch Schilf und Wasserpflanzen waten musste. Mit seinen geschärften Sinnen orientierte sich Conor an den Sternen. Gleichzeitig hielt er nach Krokodilen Ausschau, aber das Wasser blieb ruhig. Entweder waren sie den Reptilien tatsächlich entkommen oder er nahm die Bedrohung nicht wahr.

So gingen sie einige Stunden lang, bis sie wieder in seichteres Wasser gelangten und zuletzt das Ufer einer sehr viel größeren Insel erreichten. Mit seinem Nachtblick sah Conor vor sich die schattenhaften Umrisse großer Bäume, er konnte allerdings nicht beurteilen, wie weit sie noch entfernt waren. Doch er wagte zu hoffen, dass sie in die richtige Richtung gegangen waren und hier die Bananenkürbisse finden würden.

„Ich finde, wir sollten Pause machen", sagte er leise. Der Boden unter ihnen bestand nicht mehr aus Schlamm, sondern nasser Erde, und das Schilf hatte weicheren Gräsern Platz gemacht. „Wenn es hell wird, können wir nach den Bananenkürbissen suchen."

Abeke nickte. „Ich übernehme die erste Wache."

„Wirklich? Briggan und Uraza könnten das auch tun. Du bist bestimmt genauso müde wie ich und ich kann kaum noch die Augen offen halten."

„Bei mir geht's noch", erwiderte Abeke steif, obwohl Conor vom Gegenteil überzeugt war.

„Also gut, dann übernimmst du die erste Wache." Conor gab gerne zu, dass er müde war. Außerdem war niemandem geholfen, auch Rollan nicht, wenn sie vor lauter Erschöpfung Fehler machten.

Seufzend legte er sich ins Gras, die Axt griffbereit neben sich. Zwei prall mit Blut gefüllte Blutegel, die er nicht bemerkt hatte, fielen von seinem Handgelenk ab. „Äh, kannst du einschätzen, wann eine Stunde um ist?"

„Die Sterne werden es mir sagen."

„Dann wecke mich in einer Stunde." Conor kraulte Briggan den Kopf. Der Wolf ließ ein kehliges Brummen hören und legte sich neben ihn. Conor spürte seinen warmen Körper und fühlte sich geborgen. Im nächsten Moment schlief er tief und fest.

Allein

Tiefe Stille lag über der Lichtung, nachdem alle gegangen waren. Jhi hörte auf, Rollans Kopf zu lecken, machte es sich neben ihm bequem und legte ihm die Tatze auf die Brust. Essix hüpfte auf die Schulter des Pandas. Sie saß gern höher, wollte aber nicht von Rollan getrennt sein.

Meilin konnte nicht viel tun. Sie wanderte immer wieder ruhelos um den Felsen in Nashorngestalt und vergewisserte sich, dass sich nirgends ein Feind versteckte. Oder ein Nashornreiter. Waren die auch Feinde? Jedenfalls ganz bestimmt keine Verbündeten. Sie wurde den Verdacht nicht los, dass Jodoboda die anderen auf die Suche nach etwas geschickt hatte, was ihnen letztendlich gar nicht weiterhelfen würde, während sie unnütz hier herumsaß.

Du bist meine ganze Hoffnung, hatte ihr Vater gesagt. Aber wie konnte sie ihm jetzt helfen, wenn sie nichts tat?

Manchmal wünschte sie sich geradezu, jemand würde angreifen, damit sie etwas zu tun hatte.

Sie kehrte zu Rollan zurück und blickte auf ihn hinunter. Dank der Heilkräfte Jhis war der rote Ausschlag auf seinem Gesicht zurückgegangen, aber er sah immer noch sehr krank aus. Sie wollte gar nicht daran denken, was passieren würde, wenn Jodobodas angebliches Heilmittel nicht wirkte.

„Ich hoffe, die Bananenkürbissamen helfen dir, Rollan", sagte sie leise. Ihre Stimme zitterte ein wenig. Plötzlich öffnete sich Rollans linkes Auge einen Spaltbreit. Meilin zuckte zusammen.

„Iau", flüsterte Rollan. Sie brauchte eine Weile, bis sie begriff, was er meinte: „Ich auch."

Sie kniete sich neben ihn. „Möchtest du einen Schluck Wasser?"

Rollan schüttelte kaum merklich den Kopf. Das Auge blieb einen Spalt geöffnet.

„Ubis wieda", murmelte er, was sie als „Du bist wieder da" deutete.

„Sprich nicht", sagte sie. „Spar dir deine Kraft."

„Kalt", sagte Rollan. Diesmal war er gut zu verstehen. Meilin runzelte die Stirn. Auf der Lichtung war es unverändert warm. Doch Rollans Bündel lag ganz in der Nähe. Also holte sie eine Decke und wickelte ihn darin ein.

„Ist es so besser?", fragte sie besorgt, aber Rollan antwortete nicht. Jhi beugte sich über ihn und leckte ihm wieder den Kopf.

Essix sah sie an und Meilin überlegte, wie sie Rollan noch helfen konnte. Sein Leben war ihr anvertraut worden, aber noch etwas anderes als Verantwortungsbewusstsein drängte sie dazu, ihm zu helfen. Rollan war frech und aufsässig und er verstand unter Pflicht etwas ganz anderes als sie. Er hatte sich immer noch nicht bereit erklärt, ein Grünmantel zu werden! Trotzdem war sie fest davon überzeugt, dass er an ihrer Stelle irgendetwas getan hätte, damit es ihr besser ging. Auch wenn seine Hilfe vielleicht nur darin bestanden hätte, sie zum Lachen zu bringen. Sie zur Weißglut zu bringen, fiel ihm schließlich überhaupt nicht schwer …

Da erklang ein leises Geräusch. Sofort stand Meilin auf und hob ihren Stab. Ein Busch Elefantengras in der Nähe schwankte ein wenig – vielleicht war nur ganz unschuldig der Wind hindurchgefahren. Oder aber jemand näherte sich ihr heimlich.

Essix flog mit einem Schrei von Jhis Schulter auf, stieg hoch in die Luft und blickte hinunter.

Zwar schrie sie nicht warnend und ging auch nicht im Sturzflug zum Angriff über, aber Meilin packte ihren Stab trotzdem fester, nahm die Verteidigungsstellung ein und machte sich auf das Schlimmste gefasst.

Aus dem Gras sprang kein wilder Tiger.

Stattdessen tauchte Xue auf, tief gebeugt unter ihrem hohen Bündel. Sie ging auf Meilin zu.

„Xue! Ich habe nicht erwartet, dich wiederzusehen!"

„Warum nicht?"

„Äh … einfach so", stotterte Meilin. „Was machst du hier?"

„Ich verkaufe Töpfe an die Tergesh." Xue stellte ihr Bündel auf den Boden und richtete sich, die Hände in die Hüften gestützt, langsam auf. „Sie versammeln sich um diese Jahreszeit hier. Zumindest war das bisher immer so." Xue sah sich auf der leeren Lichtung um.

„Sie kommen wieder", sagte Meilin. „Morgen. Meine Freunde müssen eine Aufgabe erledigen, die Jodoboda ihnen gestellt hat."

„Die Tergesh mit ihren Aufgaben!" Xue schüttelte den Kopf. Dann bückte sie sich und betrachtete Rollan. Essix landete neben ihr und hüpfte auf Rollans Brust.

„Aha, das ist also dein Partner, Essix?", sagte Xue. „Tod der untergehenden Sonne, das ist nicht gut. Habt ihr Bananenkürbissamen?"

„Nein", erwiderte Meilin. „Können die ihn denn wirklich heilen? Die anderen wollen welche holen …"

Xue nickte. „Sie können ihn heilen. Er hat Pech gehabt, dass er die Krankheit bekommen hat, wahrscheinlich durch einen Insektenbiss. Wir müssen ihn zum Felsen bringen."

„Warum?"

„Es wird regnen", sagte Xue. „Beim Felsen sind wir geschützt."

„Aber der Regen ist warm", wandte Meilin ein. „Sollen wir ihn wirklich umlegen?"

„Für ihn wird sich der Regen kalt anfühlen", erwiderte Xue. Sie öffnete ihr Bündel, suchte eine Weile darin herum und zog ein mehrfach zusammengefaltetes geöltes Seidentuch, einige dünnere Schnüre und verschiedene Pflöcke heraus. Damit ging sie zum Felsen und errichtete eine Art Schutzdach. Sie befestigte das eine Ende des wasserdichten Stoffs am Horn des Nashornfelsens, das andere mit den Pflöcken im Gras.

„Du nimmst seine Beine", wies sie Meilin an. Sie ging zu Rollan, fasste ihn an den Schultern und hob ihn hoch. „Und du fliegst einen Moment weg, Essix. Du bist zu schwer."

Erstaunlicherweise gehorchte Essix sofort und flog zu dem Felsenhorn hinauf. Meilin und Xue trugen unterdessen Rollan hinüber. Jhi trottete hinter ihnen her und zwängte sich neben Rollan unter das Dach, sodass kein Platz mehr für jemand anders blieb.

Die Alte lachte gackernd. „Der Panda ist ein Faulpelz … und auch noch wasserscheu."

Kaum hatten sie Rollan umgelegt, da öffnete auch schon ohne jede Vorwarnung der Himmel seine Schleusen. Ein

Wolkenbruch ging auf sie nieder, als hätte über ihnen jemand einen riesigen Eimer umgekippt. Meilin lehnte sich mit dem Rücken an den Felsen, was ihr zumindest das Gefühl gab, ein wenig vor dem Regen geschützt zu sein. Xue holte ihr Bündel, suchte wieder darin herum und zog einen wunderschönen Schirm aus gewachstem Papier heraus, der mit Bildern einer tanzenden Maus verziert war. Die Bilder zeigten offenbar ihr Seelentier, das sich gerade entweder im Ruhezustand befand oder sich in der Spezialtasche versteckte.

„Tarik, also der erwachsene Grünmantel, der uns begleitet, meinte, er hätte von dir gehört", begann Meilin zögernd. „Du seist vor vielen Jahren aus den Grünmänteln ausgeschieden … stimmt das?"

„Man verlässt die Grünmäntel selten ganz", erwiderte Xue. „Ich habe mich lange beurlauben lassen. Wahrscheinlich muss ich bald zu ihnen zurückkehren. Die Ausbildung der jüngeren Mitglieder scheint mangelhaft zu sein."

„Aber wir haben doch gerade erst angefangen", protestierte Meilin. „Und bisher haben wir uns nicht schlecht geschlagen. Wir haben den Granitwidder geholt und den Eisernen Eber. Den haben wir zwar wieder verloren, aber … das hatte einen Grund …"

Xue lachte kurz und schrill. „Ich meine nicht euch, sondern Olvan und Lenori. Sie vergessen ständig, was sie bei mir gelernt haben."

„Ach so?“ Meilin konnte gar nicht glauben, dass Olvan und Lenori auch einmal Schüler gewesen waren wie sie. Und noch dazu schlechte Schüler. Unvorstellbar!

„Wir sollten Feuer machen, damit wir Tee kochen können“, sagte Xue, die sich offenbar nicht näher auf das Thema einlassen wollte. „Und wir müssen getrockneten Nashorndung sammeln, bevor er zu nass wird. Am Waldrand unter den Bäumen liegen ganze Haufen davon.“

„Ich gehe.“ Meilin sprang auf und Wasser lief ihre Schultern hinunter.

Xue nickte.

Fünf Minuten später, beim Einsammeln des Nashorndungs, fragte Meilin sich, warum sie diese Aufgabe so bereitwillig übernommen hatte. Zu Hause hätte sie sich nicht entfernt vorstellen können, Dung zu sammeln, auch wenn die trockenen Stücke sich so harmlos anfühlten wie leichtes Holz.

Aber sie wollte sich Xues Achtung erwerben und deshalb tat sie, was getan werden musste.

Zum Beispiel Dung für ein Feuer sammeln.

Jedenfalls fühlte sie sich nicht mehr ganz so eingesperrt und allein. Sie konnte sich mit jemandem unterhalten, der nicht nur undeutliche Laute von sich gab.

Sie lächelte. Das hätte auch Rollan sagen können.

Als sie zum Felsen zurückkehrte, endete der Regen genauso plötzlich, wie er angefangen hatte. Die Wolken rissen auf und Meilin sah zwischen den Bäumen im Westen für einen kurzen Moment die untergehende Sonne. Sie stapelte den trockenen Dung nach Xues Anweisungen im Windschatten des Felsens auf und achtete darauf, genug Abstand zu ihrem Schutzdach zu halten. Xue zündete den Dung mit einem Stück ölgetränktem Papier und einer Art aufziehbarem Feuerzeug an. Das Gerät war geformt wie ein Ei, war wunderschön verziert und bestand aus zwei Hälften, die man fünfzehnmal gegeneinander drehen musste, damit das Feuer entzündet wurde. Das Ei hätte gut in die Schatzkammer ihres Vaters gepasst, dachte Meilin.

Xue stellte ihren Dreifuß über das Feuer und setzte Wasser auf. Sie tranken Tee und als er abgekühlt war, flößte Meilin Rollan ein paar Löffel ein. Er schluckte nach den ersten erfolglosen Versuchen auch tatsächlich etwas davon, war aber kaum bei Bewusstsein und sagte auch nichts.

„Gut, dass du dich um ihn kümmerst", sagte die Alte mit einem anerkennenden Nicken.

„Es ist ja sonst niemand da", sagte Meilin mit einem frustrierten Seufzer.

„Man kann anderen aber auf ganz verschiedene Weise helfen."

„Du meinst, ich könnte noch etwas anderes für ihn tun?"

„Nein." Xue kniff ein Auge zusammen. „Du weißt, was ich meine. Einsamkeit ist auch eine Art Tod."

Meilin wandte den Blick ab. Sie wusste nicht genau, was Xue meinte, hatte aber das unbehagliche Gefühl, dass Xue in ihr las wie in einem offenen Buch.

„Jodoboda meinte, Rollan würde morgen bei Sonnenuntergang sterben, wenn er das Heilmittel bis dahin nicht bekommt", sagte Meilin, um das Gespräch wieder in Gang zu bringen.

„Das stimmt." Xue holte einen Behälter mit Reis, ein kleines Stück Dörrfleisch, bei dem es sich vermutlich um Rattenfleisch handelte, und einige Dosen mit Gewürzen aus ihrem Bündel und begann das Abendessen zu kochen. „Aber bis dahin ist noch Zeit. Nach dem Essen schlafen wir. Die Tiere werden Wache halten. Auch Zap."

Sie öffnete den obersten Knopf ihrer Jacke. Zap, die Springmaus, wurde seinem Namen gerecht und sprang heraus. Dann rannte er zu Meilin und kletterte auf ihre Hand, die sie ihm entgegengestreckt hatte. Meilin hob sie vor ihr Gesicht, um Zap im Dämmerlicht besser sehen zu können. Er war ganz weiß, hatte aber keine roten Augen wie ein Albino. Sein Blick war tief und weise.

„Ich habe immer gedacht, nur große, wilde Tiere könnten einem etwas nützen", gestand Meilin und setzte Zap behutsam auf den Boden. Zap sprang zu Jhi und hockte sich neben ihre Vorderpfote. Er sah aus wie der kleine Gefolgsmann einer Kaiserin.

„Die Größe spielt keine Rolle", erklärte Xue. „Wichtig ist

allein, dass es sich um ein Seelentier handelt. Wahre Stärke hat nichts mit Größe oder Kraft zu tun."

„Das wird mir auch so langsam klar", sagte Meilin mit einem Blick auf Jhi.

„Echte Bindungen sind eine ständige Herausforderung", sagte Xue mit einem Nicken und sammelte die leeren Schalen ein. „Jetzt leg dich schlafen."

Meilin sah Rollan an. Sie dachte an seine witzigen Kommentare und daran, dass er im Unterschied zu ihr bei den Grünmänteln geblieben war, obwohl er kein Gelübde abgelegt hatte. Zum ersten Mal wurde ihr klar, dass sie ihn nicht nur als ebenbürtig, sondern auch als Freund betrachtete. Sie hatte nie echte Freunde gehabt, nur Diener und als Spielkameraden die Kinder von Beamten, die einen niedrigeren Rang bekleideten als ihr Vater.

„Kann ich wirklich nichts für ihn tun?"

Xue schüttelte den Kopf. „Wenn du etwas Seltsames träumst, erzähl mir später davon."

„Geben Träume … Einblick in die Zukunft?"

„Nein, ich mag einfach gute Geschichten."

Meilin lehnte sich an den Felsen. Zum Hinlegen war es zu nass, aber wenigstens drang die Wärme des Feuers bis an ihren Sitzplatz. Sie war ruhelos und müde zugleich. Rollan lag neben den Seelentieren und atmete flach. Es war schrecklich, nichts tun zu können und zu wissen, dass er sterben würde, wenn Abeke, Conor und die anderen nicht rechtzeitig mit den Bananenkürbissamen zurückkehrten. Aber wenigstens war er nicht allein und sie war es jetzt auch nicht mehr.

„Ich hätte nicht von euch weggehen sollen", sagte Meilin leise, nicht nur zu sich, sondern auch zu Rollan, obwohl sie wusste, dass er sie nicht hören konnte. „Diesen Fehler werde ich nicht noch einmal machen."

Palmen und Dornengestrüpp

Abeke fuhr von ihrem Schlafplatz im Gras hoch. Am Himmel dämmerte bereits der Morgen. Conor lag mit angezogenen Beinen auf der Seite neben Briggan. Der Wolf sah sie mit aufgestellten Ohren an. Uraza saß neben ihm und leckte sich das schlammverkrustete Fell.

Abeke stockte der Atem. Sie hatte Conor nicht geweckt, damit er die Wache übernehmen konnte. Stattdessen war sie noch während ihrer Wache eingeschlafen. Durch ihre Schuld hatte überhaupt niemand aufgepasst!

Hastig stand sie auf und sah sich um. Sie befanden sich auf einer großen Insel und bei den Bäumen handelte es sich um hohe Palmen. Schon die kleineren waren gut dreißig Meter hoch. Sie standen in einer Reihe auf einer lang gestreckten Anhöhe in einiger Entfernung. Die Anhöhe ragte deutlich aus dem Sumpf heraus.

Am besten aber war, dass an den oberen Ästen Büschel mit gekrümmten Früchten hingen. Das mussten Bananenkürbisse sein!

Abeke ging ein paar Schritte und überlegte angestrengt, was sie tun sollte. Sie konnte Conor anlügen und sagen, sie hätte ihn absichtlich schlafen lassen. Oder sie konnte ihm die Wahrheit gestehen. Sie, eine Jägerin der Savannen von Nilo, war während ihrer Wache eingeschlafen!

Bei ihrer Rückkehr murmelte Conor gerade etwas im Schlaf, als hätte er einen Albtraum. „Die Schafe! Wir kriegen sie nie alle rein! Was machst du da? Nein!"

Sie kniete sich neben ihn und fasste ihn an der Schulter. Er fuhr mit aufgerissenen Augen und heftig atmend hoch.

„Du hattest einen bösen Traum", sagte sie.

„Stimmt", murmelte er und sah sich um. „Die Herde … da war ein …" Sein Blick fiel auf Briggan und er streckte die Hand aus und zog ihn an sich. „Moment, die Sonne ist ja schon aufgegangen. Du wolltest mich doch wecken. Warum hast du mich schlafen lassen?"

Ich könnte ihn jetzt ganz leicht anlügen, dachte Abeke. Er vertraut mir.

„Ich bin eingedöst, ohne es zu merken", sagte sie, auf seinen Ärger gefasst. „Deshalb habe ich dich nicht geweckt. Ich habe selbst geschlafen. Es tut mir leid."

Doch er nickte nur ernst. „Dann haben Uraza und Briggan Wache gehalten?"

„Ja."

„Dann ist ja alles gut." Er lächelte sie an. „Sie hätten uns geweckt, wenn sich jemand genähert hätte. Keine Sorge. Ich verrate es niemandem, einverstanden?"

Sie zögerte und nickte. „Einverstanden."

Conor stand auf und blickte zur Sonne auf. Anschließend ließ er den Blick über den Sumpf und zu den Bäumen wandern.

„Wahrscheinlich haben wir keine Zeit zu frühstücken." Er klang nicht besonders hoffnungsvoll.

„Wir müssen Jodoboda die Bananenkürbisse bis heute Abend bringen." Abeke stand ebenfalls auf und schnallte sich ihren Bogen und die Pfeile auf den Rücken. „Wir können im Gehen essen."

„Na gut." Conor rieb sich den Schlaf aus den Augen und Briggan gähnte. Seine weißen Zähne und das rote Zahnfleisch leuchteten im Morgenlicht. „Hoffentlich helfen diese Bananenkürbisse Rollan auch."

Abeke schwieg. Auch sie hoffte, dass Jodoboda die Wahrheit gesagt hatte. Außerdem hoffte sie, dass Tarik und Lishay nichts passiert war und dass sie die Krokodile hatten ablenken können. Denn sie mussten die Bananenkürbisse nicht nur finden, sondern anschließend damit durch den Sumpf zu den Nashornreitern zurückkehren.

Die Erhebung vor ihnen war höher, als sie aussah, und die Palmen schwerer zu erreichen, als sie erwartet hatten.

Auf halbem Weg hangaufwärts versperrte ihnen dorniges Gestrüpp den Weg. Auch Briggan und Uraza konnten nicht hindurchschlüpfen, deshalb mussten sie daran entlanggehen und nach einer Lücke suchen. Als sie schließlich eine fanden, versperrte ihnen sofort eine zweite Hecke den Weg.

„Das ist ein Labyrinth", sagte Conor. „Wie das aus Bambus, von dem Meilin erzählt hat."

„Das war viel größer", erwiderte Abeke. „Unseres ist klein. Ich glaube, diese Büsche heißen Fesseldorne."

„Aber durch diese Büsche zu kommen, kostet uns Zeit", meinte Conor finster. „Und die haben wir nicht."

„Vielleicht gibt es ja eine schnellere Möglichkeit." Abeke zeigte auf den Baum, der ihnen am nächsten war. Er befand sich hinter dem Dornengestrüpp, ein gutes Stück über ihnen. „Einer von uns könnte mithilfe des Granitwidders auf einen unteren Ast dieses Baums springen."

Conor blickte hinüber und runzelte die Stirn. „Über die Dornen? Wenn das nicht klappt … und selbst wenn, diese Äste wirken nicht besonders stabil."

„Wir müssen es versuchen", sagte Abeke. „Es dauert zu lange, an den Büschen entlangzugehen und den eigentlichen Weg zu suchen."

„Du hast Recht. Ich versuche es."

Abeke schüttelte den Kopf, nahm ihr Bündel und legte den Bogen darauf. „Ich kann am besten springen und habe auch als Letzte mit dem Widder geübt. Außerdem kann mir auch noch Uraza helfen."

„Aber ich kann auch springen", beharrte Conor. „Diesmal enttäusche ich dich nicht."

Abeke schüttelte wieder den Kopf. „Das meinte ich nicht. Es stimmt, ich war wegen des Eisernen Ebers wütend auf dich … aber wir haben alle schon Fehler gemacht, ich zum Beispiel letzte Nacht."

„Aber mein Fehler war viel schlimmer."

„Wenn uns in der Nacht ein Krokodil überfallen hätte, wäre meiner auch schlimm gewesen. Dann wären wir jetzt tot und könnten uns nicht mehr darüber streiten, wer am meisten Schuld hat."

Conor blickte auf seine Füße, dann hob er den Kopf.

„Also gut", sagte er. „Du kannst am besten springen … und es muss beim ersten Mal funktionieren."

Abeke betrachtete den Baum und das Gestrüpp davor. Sie musste aus dem Stand über die hohen Büsche und bis zum Baum springen, damit sie den untersten Ast zu fassen bekam … Falls der abbrach, würde er ihren Fall zumindest abbremsen, sodass sie auf dem Boden unterhalb des Baumes landen konnte. Den Boden konnte sie allerdings nicht sehen. Er konnte mit allem Möglichen bedeckt sein. Weiteren Dornbüschen, scharfkantigen Steinen …

Uraza neben ihr knurrte. Abeke legte ihr die Hand auf den Kopf.

„Ich brauche gleich deine Hilfe“, sagte sie. „Deine und die des Widders.“

Urazas Schwanz zuckte, aber das Knurren verstummte. Abeke spürte, wie die Kraft, Geschmeidigkeit und Anmut der großen Katze ihre Muskeln durchströmte. Sie berührte den Granitwidder an der Kette um ihren Hals und schöpfte auch daraus Kraft.

Dann sprang sie. Die Erde flog förmlich unter ihr weg.

Sie hörte noch Conors bewundernden Pfiff, als sie in die Luft hoch über dem Gestrüpp aufstieg. Der Pfiff verstummte, als sie den höchsten Punkt ihres unglaublichen Sprungs erreichte und es so aussah, als würde sie den Baum verfehlen. Conor war vergessen, als sie auf dem Weg nach unten verzweifelt die Hände nach einem Ast ausstreckte. Den ersten bekam sie nicht richtig zu fassen, doch konnte sie sich wenigstens bremsen. Sie überschlug sich und landete bäuchlings auf dem Ast darunter.

Keuchend hielt sie sich fest, erleichtert, dass sie nicht ganz nach unten gefallen war. Der Ast schwankte einige Augenblicke, dann hob Abeke die Hand, um Conor zuzuwinken und ihm zu verstehen zu geben, dass ihr nichts passiert war. Doch in dem Moment brach der Ast mit einem hässlichen Knacken ab.

Abeke hing kurz in der Luft, bevor sie nach unten stürzte. Verzweifelt griffen ihre Hände nach einem Halt, der nicht mehr da war.

„Abeke!“, rief Conor. Uraza jaulte.

Zum Glück wuchsen um den Stamm junge Pflanzen, deren Dornen nur ein wenig piksten und Abeke nicht ernsthaft verletzten. Sie blieb zwischen ihnen liegen, verschnaufte kurz und gab dann Conor und Uraza Entwarnung, damit die beiden nicht versuchten, ihr zu folgen.

„Mir ist nichts passiert. Gleich steige ich wieder rauf.“

Von hier aus wirkte der Baum viel höher, höher sogar als der Großmast der *Telluns Stolz.* Dafür schwankte er nicht so stark. Die Rinde des Stamms war grob und bot genügend Griffe, um zum untersten Ast hinaufzuklettern. Sobald Abeke wieder ruhiger atmete, hob sie die Hände und suchte nach einem guten Halt. Eng an den Stamm gedrückt, kletterte sie vorsichtig bis zum ersten Ast hinauf, dann belastete sie ihn genauso vorsichtig mit ihrem Gewicht. Er hielt, also hängte sie sich mit beiden Armen daran und zog sich hinauf.

Von dort stieg sie weiter von Ast zu Ast. Sie hatte schnell heraus, dass sie die Äste nur ganz nah am Stamm betreten und nicht mit zu viel Gewicht belasten durfte, sonst brachen sie ab.

„Ich sehe dich!“, rief Conor, als sie eine Weile geklettert war. „Du machst das toll!“

Abeke drehte sich nicht nach ihm um. Schon der Gedanke daran, wie weit es zu ihm hinunterging, ließ sie erschaudern.

Sie berührte wieder den Granitwidder.

„Rette mich, wenn ich abstürze", flüsterte sie. Im nächsten Moment schämte sie sich für ihre Angst. Solange sie nicht an das Gestrüpp und die Höhe dachte und sich ausschließlich darauf konzentrierte, wo sie sich mit Händen und Füßen festhalten konnte, würde ihr nichts passieren.

Genauso war es auch. Nach einem Aufstieg, der Stunden zu dauern schien, sah sie über sich einige wie Bananen geformte Kürbisse, die am äußeren Ende eines Asts hingen. Sie zählte sechs Früchte, zwei mehr, als sie benötigte. Doch noch konnte sie sie mit der Hand nicht erreichen.

Zuerst musste sie ein Stück um den Stamm herumklettern. Mit den Kürbissen vor Augen kam sie schneller voran. Zwar hingen diese außerhalb ihrer Reichweite, aber vielleicht konnte sie den Ast abbrechen, dann würden sie zu Boden fallen. Das weiche Polster aus Pflanzen würde dafür sorgen, dass die Kürbisse nicht zerbrachen.

Doch der Ast war stabil. Sosehr Abeke auch daran zog und rüttelte, er wollte nicht abbrechen. Auch die Kürbisse fielen nicht hinunter, wie sie gehofft hatte.

Abeke stelle ihre Versuche ein. Weiter oben hing ein zweites Büschel Kürbisse ein wenig näher am Stamm. Vielleicht konnte sie die erreichen und einzeln pflücken. Sie zog noch einmal an dem widerspenstigen Ast und kletterte, als auch das nichts nützte, weiter.

Sie befand sich jetzt gut fünfzehn Meter über dem Boden

und die höheren Äste knackten unter ihren Füßen, als könnten sie noch leichter abbrechen als die unteren. Sie kletterte schneller und weniger vorsichtig. Sie wollte die Äste nur möglichst kurz mit ihrem Gewicht belasten, damit sie nicht darunter nachgaben.

Doch einer zersplitterte unter ihrem Tritt und sie wäre abgestürzt, wäre sie nicht rasch zum nächsten gesprungen. Erschrocken über das plötzliche Knacken und den Ruck, steigerte sie ihr Tempo noch. Am Ast mit den Kürbissen angelangt, beugte sie sich vor, pflückte die Früchte rasch ab und ließ sie auf den Boden fallen. Eins, zwei, drei, vier und zur Sicherheit noch einen fünften, dann war sie schon wieder auf dem Weg nach unten. Dabei achtete sie darauf, sich immer mit mindestens einer Hand festzuhalten, wenn sie die Füße bewegte.

Sie hatte bereits die Hälfte geschafft und atmete gerade erleichtert auf, als die Katastrophe eintrat. Zwei Äste brachen gleichzeitig ab: der, an dem sie sich festhielt, und der, auf dem sie stand. Es krachte laut, sie schrie und fiel rückwärts in die Tiefe, wie ein Stein. Die Kette mit dem Granitwidder rutschte ihr über den Kopf und blieb an ihrer Nase hängen. Abeke wagte schon zu hoffen, da löste sich die Kette und fiel endgültig hinunter, wie eine Sternschnuppe, die in den Tiefen des Alls verschwand.

Unten jaulte Uraza und eine unerwartete Kraft erfüllte Abeke. Sie drehte sich im Fallen wie eine Katze und hakte sich mit einem Bein an einem tiefer gelegenen Ast ein. Mit einer Anmut, die sie selbst überraschte, schwang sie sich wie eine Akrobatin um den Ast, packte den darunter und erreichte von dort einen dritten. In kürzester Zeit war sie auf dem Boden angelangt.

Dort suchte sie mit aufgeregt klopfendem Herzen zwischen den Pflanzen nach dem Widder. Wenn sie ihn verloren hatte … war ihr zweiter Talisman weg. Conor hatte den Eisernen Eber wenigstens aus einem bestimmten Grund abgegeben. Einen Talisman aus reiner Unachtsamkeit zu verlieren, war viel schlimmer.

Dann sah sie die Kette glänzen, die sich um einen hinuntergefallenen Kürbis gelegt hatte. Erleichtert atmete Abeke aus. Sie hob sie auf, streifte sie sich über den Kopf und verkürzte das Band durch einen Knoten. Nie wieder durfte dieser Talisman herunterrutschen!

Die Suche nach den Kürbissen dauerte ein wenig länger. Sie fand nur vier. Der fünfte war offenbar weggerollt und lag irgendwo im Gestrüpp.

„Ich habe vier!“, rief sie. Sie knotete die Kürbisse in ihre Bluse und knöpfte die Seemannsjacke darüber. „Jetzt klettere ich wieder hoch und springe zu dir zurück.“

„Aber sei vorsichtig!“, hörte sie Conor von der anderen Seite ängstlich rufen.

Abeke machte sich an den Aufstieg. Die Muskeln taten ihr noch vom ersten Mal weh und dazu kamen die vielen kleinen Schürfwunden von ihrem Sturz. Sie zwang sich, langsam zu klettern. Für den Sprung über das Dornengestrüpp brauchte sie ihre ganze Kraft und außerdem noch die des Talismans und ihres Seelentiers.

Auch Uraza schien zu spüren, was auf dem Spiel stand. Als Abeke höher kletterte, sah sie, dass die Raubkatze unruhig hin und her lief und immer wieder zu ihr hinaufblickte.

„Bleib stehen!", rief Abeke hinunter. „Ich will nicht auf dir landen!"

Uraza gehorchte und setzte sich auf die Hinterbeine. Auch Conor bewegte sich nicht. Briggan stand neben ihm. Abeke sah zu ihnen hinunter, hielt die Luft an und sprang.

Hoffnung

Meilin beobachtete die Sonne und den Schatten, den das Horn des Nashornfelsens warf. Rollan hatte nichts mehr gesagt, seit er sich über die Kälte beklagt hatte. Ab und zu überlief ihn ein Schauer wie jetzt gerade, und seine Zähne klapperten.

„Es ist zwei Stunden nach Mittag", überlegte sie. Je weiter der Tag fortschritt, desto ungeduldiger wurde sie. „Vielleicht sollte ich die anderen suchen."

„Sie werden kommen", sagte Xue.

Meilin sah sie an. „Du bist dir ganz sicher? Dass sie die Bananenkürbisse rechtzeitig bringen?"

„Ja."

„Und warum? Hattest du eine Vision?"

Xue schüttelte den Kopf. „Ich habe keine Visionen. Nur Hoffnung."

„Hoffnung!“, rief Meilin. „Hoffnung zählt nicht.“

„Dann geh deine Freunde suchen“, sagte Xue. „Ich halte dich nicht auf.“

„Nein?“ Meilin schüttelte verwirrt den Kopf. Xue hatte nichts dagegen, dass sie Rollan verließ und die anderen womöglich erfolglos im Dschungel suchte …?

Doch dann wurde ihr klar, dass sie selbst gar nicht von der Richtigkeit einer Suche überzeugt war.

Aber was sollte sie sonst tun?

Jhi hatte sich die ganze Zeit um Rollan gekümmert und ihm abwechselnd den Kopf geleckt und die Tatze auf die Brust gelegt. Der leuchtend rote Ausschlag in Rollans Gesicht war zunächst zurückgegangen, aber jetzt war er sogar noch stärker geworden und hatte sich auf den Hals und hinter die Ohren ausgebreitet. Rollans Atem ging immer mühsamer.

Meilin verspürte einen Druck auf dem Herzen, sie litt mit ihm mit, als wäre sie selbst krank.

Sie konnte nicht bleiben und zusehen, wie er starb.

„Du lässt mich wirklich gehen?“, fragte sie. Vielleicht hatte Xue sie nur auf die Probe stellen wollen.

„Natürlich. Ich sitze hier so bequem, dass ich nicht aufstehen will.“

Das musste eine Lüge sein. Der Boden war trotz des Grases steinhart.

„Dann … gehe ich. Bleibst du und siehst nach Rollan?“

„Ich gehe nirgends hin“, sagte Xue. „Ich will den Tergesh doch meine Töpfe verkaufen.“

„Jhi bleibt am besten auch hier.“

„Sie ist sowieso zu faul zum Aufstehen.“ Xue lachte. „Sie käme höchstens als Tattoo mit.“

Sie wirkte so unbesorgt, dass Meilin sich ein wenig albern vorkam, aber ihr Entschluss stand fest. Wenn Xue sie zum Bleiben bewegen wollte, indem sie ihr *nicht* davon abriet, hatte sie sich verrechnet.

„Ich gehe bis zum Rand des Sumpfs“, sagte Meilin. „Vielleicht sehe ich die anderen von dort.“

Sie nahm ihren Stab und blickte auf Rollan hinunter. Sein Zittern hatte sich inzwischen wieder gelegt und er lag wie leblos da.

„Bist du sicher, dass wir nichts für ihn tun können?“, fragte sie.

Xue schüttelte den Kopf. Ihre Unbeschwertheit war verflogen.

„Ich bin zurück, bevor es dunkel wird“, sagte Meilin. „Zusammen mit den anderen und mit den Bananenkürbissen.“

Xue lächelte wieder. „Siehst du? Die Hoffnung tut gut. Sie gibt Kraft.“

Meilin fühlte sich zwar nicht besonders stark, aber etwas anderes als die Hoffnung hatte sie nicht.

Am Rand der Lichtung sah sie sich noch einmal um.

Sie spürte, wie etwas sie zurückhielt. Es fühlte sich seltsam an, ohne Jhi in den Dschungel zu gehen. Sie waren seit der Zeremonie, die sie verbunden hatte, nicht voneinander getrennt gewesen. Der Panda hob den Kopf und ihre Blicke trafen sich.

„Pass auf ihn auf", flüsterte Meilin.

Xue blickte ebenfalls auf, als hätte sie das Flüstern gehört. Doch das war nicht möglich. Meilin wurde rot und wandte sich unbehaglich ab. Sie wurde nie rot und hatte auch gar keinen Grund dazu. Oder doch?

Entschlossen betrat sie den Wald.

Sonnenuntergang

Abeke schaffte es fast. Sie sprang ein wenig zu kurz und streifte den Rand der Dornenhecke, brach durch die Zweige und fiel unweit von Conor auf den Weg. Sie blutete am Arm. Dort hatten die Dornen Jacke und Bluse und sogar die Haut darunter aufgerissen. Außerdem hatte sie sich anscheinend einen Knöchel verknackst.

Conor eilte zu ihr, aber Uraza war noch schneller. Sie schnupperte jaulend an ihr, während Abeke sich langsam aufsetzte und ihren Arm betrachtete.

„Ist es schlimm?“, fragte Conor. Er riss bereits einen Streifen von seinem Hemd ab, um den Arm damit zu verbinden, hielt aber inne, als Abeke die Hand hob.

„Nur ein paar Kratzer“, sagte sie und zog das Loch im Ärmel auseinander, um sich die Stelle genauer anzusehen. „Nicht besonders tief. Aber ich habe die Kürbisse!“

Sie knotete die Bluse auf und zeigte Conor die vier Bananenkürbisse. Sie sahen nicht besonders aufregend aus – vier gekrümmte, getrocknete Früchte von der Länge ihres Zeigefingers. Conor nahm einen und schüttelte ihn. Drinnen klapperten die Samen.

„Wir sollten die Kratzer auswaschen", meinte Conor.

Abeke schüttelte den Kopf. „Trockene, saubere Dornen sind besser als das Wasser aus dem Sumpf." Sie stand auf und zuckte ein wenig zusammen. „Wir müssen sofort aufbrechen, wenn wir es noch bis heute Abend zurückschaffen wollen."

Conor nickte. „Stimmt. Soll ich dein Gepäck nehmen?"

„Das schaffe ich schon." Abeke ging steifbeinig zu ihrem Bündel, steckte die Kürbisse hinein und schwang es sich auf den Rücken. Dann bückte sie sich vorsichtig, nahm ihren Bogen und den Stock auf und ging hinkend zum Sumpf hinunter. Uraza folgte ihr auf den Fersen.

Conor sah Briggan an, der den Kopf schräg legte und hechelte.

„Ich weiß schon, sie ist aus härterem Holz geschnitzt als ich", sagte Conor und seufzte.

Im Hellen konnten sie natürlich nicht den Sternen folgen, sondern mussten sich mit Briggans Hilfe und am Stand der Sonne orientieren. Doch die Sonne verschwand immer wieder hinter Wolken und gelegentlich schüttete es wie aus Kübeln. Briggan wiederum tat sich im tiefen Wasser des Sumpfs mit der Fährte schwer. Conor stocherte deshalb mit seinem Stock nach dem Weg und vergewisserte sich hin und wieder bei Briggan, dass sie zumindest ungefähr in die richtige Richtung gingen.

Sie kamen nur langsam voran und es war sehr anstrengend, durch Wasser und Schilf zu waten und über Schlammbänke zu steigen. Zwar spornten sie sich gegenseitig an, aber viel brachte es nicht. Ihr Wille war stark, aber sie waren einfach zu schwach und erschöpft.

Conor sah die Sonne nicht, wusste aber, dass sie sich bereits dem Horizont näherte. Er zog die Füße höher aus dem schmatzenden Morast und versuchte schneller zu gehen. Sie hatten nicht mehr viel Zeit. Wenn sie zu lange brauchten oder sich verirrten, würde Rollan sterben.

Dann sahen sie die Krokodile, sechs an der Zahl und viel größer als die normalen Süßwasserkrokodile, die eigentlich hier lebten. Sie lagen auf dem schlammigen Ufer einer der niedrigen Inseln, von denen es hier so viele gab.

„Krokodile!“, rief er warnend und duckte sich ins Schilf, wo das Wasser ihm bis zu den Achseln reichte. Abeke folgte seinem Beispiel. Briggan und Uraza verharrten reglos neben ihnen, um keine Aufmerksamkeit auf sich zu ziehen. Sie hatten alle Muskeln gespannt.

„Wir müssen in einem Bogen um sie herumgehen“, flüsterte Abeke.

Conor richtete sich auf und vertauschte seinen Stock mit

der Axt, die er auf dem Rücken getragen hatte. Wenn er kämpfen musste, um an den Krokodilen vorbeizukommen und zu Rollan zurückzukehren, dann musste es eben sein. Er wünschte, Tarik und Lishay wären bei ihnen, aber die beiden Grünmäntel waren verschwunden, seit sie sich am Vortag von ihnen getrennt hatten.

„Wir kommen nicht an ihnen vorbei, es sind zu viele", sagte er. „Aber wenn ich sie erschrecke … kann ich sie ablenken, während du an ihnen vorbeiläufst."

Abeke starrte mit ihrem scharfen Jägerblick unverwandt auf die Krokodile.

„Ich glaube, sie sind tot", sagte sie. „Sieh doch, eins liegt auf dem Rücken. Krokodile schlafen nie auf dem Rücken."

„Diese Riesendinger vielleicht schon", wandte Conor ein. Aber auch er schöpfte Hoffnung.

Sie schlichen weiter und Conor hielt kampfbereit seine Axt. Doch als sie sich den Tieren näherten, sah er, dass Abeke Recht hatte. Die Krokodile lagen vollkommen reglos da. Ihre Glieder und Schwänze waren seltsam verdreht.

„Vielleicht haben Tarik und Lishay sie getötet", flüsterte er den anderen zu.

Abeke schüttelte den Kopf. „Ich sehe keine Wunden und kein Blut."

„Richtig."

Sie gingen noch näher heran. Am Ufer angelangt, rannten Briggan und Uraza voraus und schnupperten an den Kadavern. Briggan fuhr zurück und schüttelte den Kopf.

„Sieh mal, die Augen", sagte Conor.

Die Krokodile begannen bereits zu stinken. Die Augen waren aus den Höhlen gequollen, aus den Nasen tropfte schwarzer Schleim.

„Vermutlich hat man ihnen den Gallentrank verabreicht." Abeke zögerte, dann fügte sie hinzu: „Ich habe das einmal miterlebt, als ich noch bei Shane und Zerif war. Männer haben Tieren den Trank gegeben und sich gestritten, wie viel man davon verwenden müsse. Der Trank wirkt offenbar bei jedem Tier anders. Und er verbindet die Tiere nicht mit menschlichen Partnern, sondern macht sie zu Ungeheuern und Sklaven."

„Du hast das erlebt?", rief Conor.

„Ich habe nicht gesehen, was passiert, wenn die Tiere zu viel bekommen", erklärte Abeke. „Die Männer haben einen Hund verwandelt, einen lieben Hund namens Admiral. Sie haben ihn zu einem bissigen Monster gemacht, das viel größer war als der ursprüngliche Hund. Offenbar experimentieren sie immer noch … Der Gallentrank ist ein Gift! Sie dürfen ihn nicht mehr verwenden!"

„Das werden sie auch nicht mehr lange", sagte Conor. „Hoffe ich zumindest. Komm, Rollan wartet. Wir müssen uns beeilen."

„Endlich festen Boden unter den Füßen", sagte er ein paar Stunden später erschöpft, als sie den Sumpf verließen und die morastige Böschung zum Rand des Dschungels hinaufstolperten. „Ich bin sogar froh, wieder im Dschungel zu sein."

Abeke blickte ängstlich zur Sonne auf. „Wir kommen zu spät", sagte sie bitter. „Wir schaffen es nicht rechtzeitig bis zur Lichtung."

Conor sah ebenfalls hinauf. Der Himmel war wieder bewölkt, aber man konnte die Sonnenscheibe ganz schwach dahinter erkennen, ein roter Fleck inmitten von Grau. Sie neigte sich bereits dem Horizont zu.

Sie hatten es nicht geschafft. Trotz ihrer Anstrengungen würden sie nicht rechtzeitig am Nashornfelsen sein. Sie waren am Ende ihrer Kräfte und sie kamen im Dschungel zwar schneller voran als im Sumpf, aber trotzdem noch zu langsam. Normales Gehen war kaum möglich, Laufen erst recht nicht. Conor musste unablässig an Rollan denken, der krank und fiebernd auf sie wartete und vielleicht in diesem Moment starb.

Er blieb stehen, bis zu den Knöcheln im Morast eingesunken.

„Nicht anhalten!", keuchte Abeke und ging weiter. „Wir dürfen nicht aufgeben!"

„Ich gebe nicht auf", erwiderte Conor. Er war hundemüde, klatschnass und gereizt und wusste, dass seine Beine unterhalb der Hüften über und über mit Blutegeln bedeckt waren, auch wenn er sie nicht spürte. „Ich denke nach! Wir sollten die Kürbisse mit Briggan und Uraza vorausschicken."

Die beiden Seelentiere sahen ihn an.

„Sie können jeweils zwei ins Maul nehmen", fuhr Conor fort. „Und sie sind schneller als wir."

Abeke war so erschöpft, dass sie Mühe hatte, seinem Gedankengang zu folgen.

„Und wenn die Nashornreiter das nicht gelten lassen, weil nicht wir die Kürbisse gebracht haben?", fragte sie.

„Das müssen wir riskieren. Sie werden Rollan doch wohl trotzdem retten."

„Mir gefällt nur die Vorstellung nicht, von Uraza … getrennt zu sein", wandte Abeke ein.

„Ich bin auch nicht gern von Briggan getrennt. Aber es ist unsere einzige Chance, die Kürbisse rechtzeitig abzuliefern. Und es ist *Rollans* einzige Chance!"

Uraza berührte Abekes Knie mit ihrer breiten Tatze, wie um Conor beizupflichten, und legte ihren stolzen Kopf schräg.

„Ja, du hast natürlich Recht." Abeke stellte ihr Bündel ab und holte die Bananenkürbisse heraus. Uraza und Briggan kamen zu ihr und nahmen vorsichtig je zwei Kürbisse ins Maul.

Conor umarmte Briggan fest. „Ich weiß, dass du es

schaffst“, sagte er. Der Wolf bellte. Es klang gedämpft, aber entschlossen, als wollte er sagen: *Natürlich schaffen wir das!*

Die beiden Seelentiere liefen los. Sie kamen viel schneller voran als die Kinder.

„Gehen wir“, sagte Conor, als Briggan und Uraza verschwunden waren. „Wir haben noch einen weiten Weg vor uns.“

Er zog seine Füße mit einem schmatzenden Geräusch aus dem Morast.

Hinter sich hörte er hässliches Glitschen. Eine Sekunde lang glaubte er, Abeke sei ausgerutscht, doch dann wurde ihm klar, dass es etwas anderes sein musste.

Er fuhr herum und Abeke prallte gegen ihn. Sie hatte sich mit einem Satz vor einem riesigen Krokodil mit roten Augen in Sicherheit gebracht, das wie ein Pfeil aus dem Wasser geschossen und das Ufer hinaufgekrochen war. Jetzt stürzte es sich auf Conor, schnappte nach seinem Bein und warf ihn zu Boden.

Im letzten Moment, bevor das Maul sich schloss, steckte Conor seinen Stock zwischen die gewaltigen Kiefer. Der Stock zerbrach, hielt aber immerhin so lange, dass Conor sein Bein vor den spitzen Zähnen in Sicherheit bringen und stolpernd nach hinten zurückrutschen konnte. Seine einzige Waffe gegen das fünfeinhalb Meter lange, durch den Gallensaft in Raserei versetzte Krokodil war jetzt ein abgebrochener Ast. Er lag auf dem Rücken im Morast und kam nicht an seine Axt heran, die er von außen an sein Bündel geschnallt hatte.

Abeke blieb keine Zeit, ihren Bogen vom Rücken zu nehmen. Sie riss einen Pfeil aus dem Köcher, hielt ihn wie einen Dolch und stach damit von der Seite nach den Augen des Krokodils. Bevor sie treffen konnte, fegte das Krokodil sie mit einem Schlenker seines Kopfs von den Füßen. Sie landete drei Meter entfernt im Morast.

Conor warf den abgebrochenen Stock in das aufgerissene Maul des Krokodils und versuchte seine Axt zu greifen, doch er kam mit der Hand nicht an den Stiel. Das Krokodil griff wieder an und riss sein Maul auf.

„Ha!“

Mit einem Schrei, der weit über den Sumpf hallte, schlug Meilin dem Krokodil ihren in Metall gefassten Kampfstab auf den Kopf. Das Krokodil schnappte nach ihr. Conor konnte sich mit einigen stolpernden Schritten aus seiner Reichweite retten und seine Axt losschnallen.

Meilin tanzte rückwärts über den Morast und auf das trockene Ufer und schlug immer wieder auf das Krokodil ein. Das Reptil folgte ihr brüllend und warf seinen Schwanz hin und her. Abeke legte hastig einen Pfeil ein und eilte hinter dem Krokodil her, gefolgt von dem schlammverschmierten Conor, der inzwischen seine Axt in den Händen hielt. Meilin sprang auf den Stumpf eines riesigen umgestürzten Baums. Das Krokodil bäumte sich auf, schlug die Krallen in das verfaulte Holz und schnappte nach Meilins Füßen.

Abeke schoss einen Pfeil in das aufgerissene Maul. Conor schlug ihm die Axt in den Hals und brachte es damit zum Schweigen.

Das Krokodil wandte sich ab und kroch mit peitschendem Schwanz über das Ufer zum offenen Wasser. Es hinterließ eine blutige Spur der Verwüstung. Auf halbem Weg blieb es liegen und verendete.

Abeke setzte sich und tat einen Seufzer der Erschöpfung und Erleichterung zugleich. Conor, der neben ihr stand, stützte sich schwer auf seine Axt. Meilin sprang von ihrem Baumstumpf herunter. Sie wirkte überhaupt nicht müde.

„Wo kommst du denn her?", fragte Conor.

„Ich habe euch gesucht. Als ich Briggan und Uraza begegnete, wusste ich, dass ihr in der Nähe sein musstet. Dann hörte ich das Krokodil. Es war ja riesig! Habt ihr noch mehr von seiner Sorte gesehen?"

Abeke nickte beklommen. „Das Krokodil von General Gar, das ich einmal gesehen habe, war … etwa doppelt so lang."

Conor erschauderte und sogar Meilin wurde ein wenig blass.

„Jedenfalls danke, Meilin", sagte Conor. „Wir müssen sofort weiter. Briggan und Uraza haben zwar die Bananenkürbisse, aber sie nützen Rollan nichts, wenn er allein ist."

„Er ist nicht allein“, erwiderte Meilin.

Im Gehen erzählten sie sich, was sie erlebt hatten. Die Sonne war hinter den Bäumen verschwunden, aber der Himmel glühte noch in den Farben des Sonnenuntergangs. Conor war in Gedanken bei Briggan und Uraza. Hoffentlich schafften sie es rechtzeitig.

Die Rückkehr der Nashornreiter

Als Meilin, Abeke und Conor auf der Lichtung ankamen, war es bereits Nacht. Die Lichtung hatte sich vollkommen verändert. Überall brannten helle, an langen Bambusstangen hängende Papierlaternen. Im Kreis um den Nashornfelsen standen Zelte und neben jedem Zelt war an einem dicken, tief in den Boden geschlagenen Eisenpflock ein Nashorn angebunden. Die Reiter saßen um große Feuer, aßen, tranken und plauderten.

Jodoboda stand auf dem Nashornfelsen und hielt einen goldenen Pokal in der Hand. Xues Schutzdach war verschwunden und Meilin konnte vor lauter Nashörnern und Zelten auch Rollan nicht sehen. Sie ging schneller. Die ganze vergangene Stunde hatte sie sich zurückgehalten, damit Conor und Abeke, die am Ende ihrer Kräfte waren, mit ihr mithalten konnten.

Rollan darf nicht tot sein, dachte sie mit klopfendem Herzen. Uraza und Briggan sind bestimmt rechtzeitig vor Sonnenuntergang hier gewesen. Also lebt er!

Getrieben von der Angst vor dem, was sie erwartete, begann sie zu laufen. In Gedanken sah sie Rollan schon zwischen den Zelten und Nashörnern leblos im Gras liegen. Und daneben die vollkommen durchgedrehte Essix mit einer Haube und Fesseln an den Krallen wie andere wild gewordene Jagdfalken.

Jodoboda hob seinen Pokal und zeigte auf den Boden vor dem Felsen. Meilin wurde langsamer und setzte ein unbewegtes Gesicht auf. An der bezeichneten Stelle saß Xue auf ihrem Bündel. Sie hielt eine Porzellantasse in der Hand. Neben ihr hockte Jhi, ein willkommener Anblick, und neben dem Panda saß …

Rollan! Er grinste wie ein Idiot und sein Gesicht hatte bereits eine gesündere Farbe angenommen. Auf seiner Schulter hockte Essix und putzte sich das Gefieder. Neben Rollan saßen Briggan und Uraza. Sie sprangen beide auf, als ihre Partner hinter Meilin auftauchten und liefen zu ihnen, um sie zu begrüßen.

Meilin ging auf Rollan zu. Sie sagte nichts, aus Furcht, ihre Stimme könnte versagen. Ihre Kehle war vor unerwarteter Rührung wie zugeschnürt.

„Sie haben dich also heilen können“, brachte sie schließlich heraus. „Das freut mich.“

„Und mich erst!“ Rollan lächelte und Meilin errötete unwillkürlich. Verwirrt senkte sie den Kopf und sah Rollan unter gesenkten Lidern an. Sie hatte schon geglaubt, sie würde dieses Lächeln nie mehr sehen.

„Xue meinte, ich wäre jetzt tot, wenn ihr Jodoboda nicht rechtzeitig die Samen gebracht hättet“, sagte Rollan. „Danke.“

„Die anderen haben sie geholt, nicht ich“, erwiderte Meilin.

Conor und Abeke traten rechts und links neben sie.

„Und wir hätten sie nie gekriegt, wenn Abeke nicht so hoch gesprungen wäre“, fügte Conor hinzu.

Abeke zuckte mit den Schultern. „Ich bin gesprungen, aber Conor hat den Weg gefunden. Ist doch egal, wer was getan hat.“

„Kluges Mädchen“, sagte Xue und stellte sich Conor und Abeke vor, die sie neugierig musterten. Zap streckte den Kopf aus der Jackentasche und begrüßte sie mit zuckenden Schnurrhaaren.

„Ich will mich nur noch hinsetzen, etwas essen und mich waschen“, sagte Abeke. „In dieser Reihenfolge!“

„Ein voller Bauch gibt Kraft“, warf Xue ein. „Wir sollten alle etwas essen.“

Doch Meilin hörte sie nicht. Sie musste den anderen noch etwas Wichtiges sagen.

„Jodoboda hätte euch nicht so einfach gefangen nehmen

können, wenn ich bei euch geblieben wäre." Sie hatte noch nie etwas gesagt, was einer Entschuldigung so nahe kam. „Und dann wärst du vielleicht auch nicht krank geworden."

„Doch", erwiderte Rollan. „Diese Insekten konnten mir einfach nicht widerstehen!"

„Aber wenn wir mehr aufeinander geachtet hätten, wäre uns früher aufgefallen, wie krank du bist", sagte Abeke. „Wir waren so damit beschäftigt, auf Conor wütend zu sein, dass uns das wirklich Wichtige entgangen ist."

„Wenn wir aufeinander achten, arbeiten wir gut zusammen", sagte Conor eifrig. „Erinnert ihr euch an den Plan mit dem Schattentheater? Er war unsere gemeinsame Idee, auch wenn uns das damals nicht bewusst war. Mit dir hätte er noch besser geklappt, Meilin."

Meilin nickte. Abeke hatte ihr erzählt, wie die anderen drei sich nach Xin Kao Dai hineingeschlichen hatten. Der Plan war gut gewesen, selbst Rollan schien das zu finden.

„Ich glaube, wir haben unsere Lektion gelernt", sagte Meilin.

„Dann seid ihr schon bessere Schüler als Olvan und Lenori", sagte Xue augenzwinkernd.

Die vier Kinder lächelten sich an. Dann sah Abeke zu dem Anführer der Nashornreiter hinauf, der stolz aufgerichtet auf seinem Felsen stand.

„Danke, dass du dich an unsere Abmachung gehalten und Rollan geheilt hast, Jodoboda."

„Ich hätte es auf jeden Fall getan", antwortete Jodoboda und prostete ihr mit seinem goldenen Pokal zu. „Wir haben einen großen Vorrat an Bananenkürbissamen. Der Tod der untergehenden Sonne ist in meinem Volk sehr weit verbreitet."

„Wie?", rief Conor. „Und uns hätte es fast das Leben gekostet, die Samen zu beschaffen!"

„Es war eure Aufgabe", erwiderte Jodoboda. „Ihr habt sie erfüllt und als eure eigentliche Belohnung leiste ich euch die Hilfe, um die ihr mich gebeten habt. Wenn eure Gefährten zurückkehren, zeigen wir euch den Weg zum See des Elefanten und zu Dinesh."

„Sie sind noch nicht zurückgekehrt?", rief Abeke. „Wo sind sie?"

„Ihr wisst es nicht?", fragte Jodoboda.

Rollan hob erschrocken den Kopf. „Sie sind weg?"

Abeke berichtete rasch von den riesigen Krokodilen und den Fackelträgern, die sie in die Richtung der Grünmäntel getrieben hatten. Jodoboda hörte ihnen aufmerksam zu. Er hatte die Stirn gerunzelt.

„Das ist eine schlechte Nachricht", sagte er, als Abeke fertig war. „Dass die Eroberer in den Sumpf eingedrungen sind und den Krokodilen einen giftigen Trank einflößen … Ich hätte nie geglaubt, dass sie so zahlreich hier auftauchen würden. Pharsit Nang wurde immer in Frieden gelassen. Man hat uns nie belästigt …"

„Ein einzelner Stein ist nur ein Stein“, sagte Xue. „Viele Steine können eine Mauer bilden.“

Jodoboda lächelte, aber es war kein frohes Lächeln. „Du hast das schon einmal gesagt, alte Mutter. Aber die Nashornreiter sind immer allein zurechtgekommen.“

„Sie kennen nichts anderes“, schnaubte Xue verächtlich.

„Wir müssen Tarik und Lishay suchen“, rief Rollan und wollte aufstehen.

Xue legte ihm die Hand auf die Schulter und drückte ihn wieder nach unten.

„*Wir* suchen ihn“, sagte Conor, obwohl ihn diese Worte sichtlich Überwindung kosteten.

„*Ich* gehe“, widersprach Meilin. Sie stellte sich vor, wie Tarik und Lishay verwundet im Sumpf lagen und von Krokodilen bedrängt wurden.

„Nein“, erwiderte Jodoboda. „Ihr habt heute viel geleistet, selbst für Grünmäntel. Ich schicke meine Reiter auf die Suche. Dabei können sie gleich auskundschaften, wie viele Eroberer in unser Land eingedrungen sind.“

Er sprang von dem Felsen, ging ein paar Schritte und rief verschiedene Namen. Überall an den Feuern setzten Reiter ihr Essen ab und standen auf. Wenige Minuten später ritt ein Trupp von dreißig Nashornreitern in Richtung Sumpf davon.

„Müde junge Grünmäntel sollten etwas essen“, sagte

Xue und zeigte auf ihren über dem Feuer hängenden Topf. „Ich habe eine leckere Rattensuppe mit Bambussprossen zubereitet."

„Rattensuppe?", fragte Conor.

„Sie schmeckt wirklich gut", sagte Meilin.

„Ich habe schon Ratten gegessen", sagte Abeke. „Auch wenn sie nicht so gut schmecken wie Antilopen. Kann ich bitte etwas bekommen?"

Xue lächelte, versorgte geschäftig alle außer Rollan mit Schalen und Löffeln und teilte die köstlich duftende Suppe aus. Conor gab Briggan etwas von seiner Portion ab, Uraza dagegen drehte angewidert den Kopf weg, als Abeke ihr die Schüssel hinhielt.

„Und ich?", beschwerte sich Rollan.

Xue schüttelte den Kopf.

„Feste Nahrung erst wieder morgen", antwortete sie. „Ruh dich jetzt aus."

Rollan seufzte. „Genauso wie zu Hause. Nie genug zu essen."

Doch er legte sich gehorsam hin und zog die Decke enger. Essix hüpfte von seiner Schulter und stellte sich neben seinen Kopf, um über ihn zu wachen. Rollan hob die Hand und kraulte ihr das Gefieder, eine vertraute Geste, die der Vogel früher nicht geduldet hätte.

Im nächsten Augenblick war Rollan eingeschlafen.

„Ich bin auch müde", sagte Abeke. „Aber zuerst muss ich

mich noch irgendwie waschen. Wie machen die Nashornreiter das?“

„Sie warten auf den Regen.“ Xue blickte zum dunklen Himmel auf. „Noch etwa zehn Minuten.“

„Bis dahin kann ich mich ja schon mal hinlegen“, murmelte Abeke, was sie auch tat. Uraza streckte sich neben ihr aus und legte den Kopf auf die Pfoten.

„Hoffentlich ist Tarik und Lishay nichts passiert“, sagte Meilin leise. Sie rückte ein wenig näher zu Rollan und zu Jhi, die neben Rollan saß. Der Panda schien zu dösen, machte allerdings Platz, als Meilin sich setzte, und legte ihr eine Tatze aufs Bein. Die Berührung erfüllte sie mit einem Gefühl der Ruhe und Geborgenheit und vertrieb für eine Weile all ihre Ängste.

Der nächste Morgen war neblig. Dicke Wolken verdeckten die Sonne und es regnete in Strömen. Beim Aufwachen hatten alle steife Glieder und waren durchnässt. Die Nashornreiter hatten die großen Feuer trotz des Regens die ganze Nacht am Brennen gehalten, aber Meilin stellte schnell fest, dass man sich an ihnen nicht trocknen konnte. Während man die eine Seite aufwärmte, wurde die andere wieder nass.

Die Nashornreiter versorgten die Kinder mit Frühstück. Es gab kleine Reiskuchen mit fremdartigen Pilzen. Nachdem sie gegessen hatten, versammelten sich die Grünmäntel vor dem Felsen und überlegten, was sie tun sollten. Da Tarik und Lishay immer noch fehlten, waren alle Blicke erwartungsvoll auf Xue gerichtet, aber die Alte wollte sich nicht an den Beratungen beteiligen.

„Ich habe Urlaub von den Grünmänteln", sagte sie und nahm ihr Bündel auf. „Und jetzt muss ich Töpfe verkaufen." Sie verschwand zwischen den Nashornreitern.

„Wir sollten Tarik und Lishay suchen", schlug Abeke vor.

Meilin schüttelte den Kopf, obwohl sie sich große Sorgen um die beiden Erwachsenen machte.

„Wir müssen so schnell wie möglich zu Dinesh und ihn überreden, dass er uns seinen Talisman gibt", sagte sie. „Die Eroberer sind bereits im Sumpf und dringen in Scharen in das Große Bambuslabyrinth im Norden vor, wo ich meinen Vater zurückgelassen habe. Wir haben vielleicht nur wenige Tage Vorsprung."

„Meilin hat Recht", stimmte Rollan zu. Es ging ihm schon viel besser. Zwar wirkte er noch geschwächt, doch der Ausschlag war komplett verschwunden.

„Schon, aber vielleicht brauchen wir dazu Tarik und Lishay", meinte Conor.

„Jodoboda hat doch schon einen Trupp auf die Suche geschickt", sagte Meilin. „Er will bestimmt, dass wir uns gleich auf den Weg machen."

„Aber in welcher Richtung?", fragte Conor. „Hat heute Morgen schon jemand mit Jodoboda gesprochen?"

Die Kinder sahen sich suchend um.

„Da ist er“, sagte Rollan. „Da drüben beim Feuer.“

Sie gingen durch das Lager. Jodoboda blickte auf.

„Wie ich sehe, wollen unsere Gäste aufbrechen“, sagte er.

„Wir müssen vor den Eroberern bei Dinesh sein“, erklärte Meilin. „Haben deine Reiter Tarik und Lishay schon gefunden?“

„Das werden wir gleich erfahren.“

Jodoboda zeigte mit der Hand zu dem Weg, der in den Dschungel führte. Eine lange Reihe von Nashornreitern kam in diesem Augenblick auf die Lichtung. Auf einigen Nashörnern saß niemand. Stattdessen hatte man Leichname auf ihnen festgebunden. Tote Nashornreiter. Jodobodas Kiefer arbeiteten und sein Bart zitterte. Wütend kniff er die Augen zusammen.

Einen Moment lang hielten die Kinder die Luft an, dann sahen sie am Ende der Gruppe zwei vertraute Gestalten gehen, einen Mann und eine Frau. Auf der Schulter des Mannes saß ein Otter, neben der Frau trabte ein Tiger. Erleichterung stieg in Meilin auf.

Jodoboda hatte die Situation schnell erfasst. „Eure Freunde und meine Leute haben wohl gemeinsam gegen die vergifteten Krokodile gekämpft, von denen ihr gestern Abend gesprochen habt. Die Eroberer werden den Tag noch bereuen, an dem sie diesen Gallentrank in unser Land gebracht haben!“

„Heißt das, ihr werdet mit uns gegen sie kämpfen?“, fragte Meilin. Vielleicht konnte sie ihn ja überreden, mit seinen Reitern auch ihrem Vater zu helfen.

Zu ihrer Enttäuschung schüttelte Jodoboda den Kopf. „Wir kämpfen allein, wie wir es immer getan haben. Aber wir werden nicht dulden, dass die Eroberer in unser Land eindringen.“

Xue erschien hinter einigen Nashornreitern, die sie mit neuen Pfannen versorgt hatte. „Kämpfst du auch allein, wenn du einem übermächtigen Gegner gegenüberstehst?“, fragte sie. „Oder rufst du deine Leute zu Hilfe?“

Jodoboda lachte. „Du gibst nie auf, was? Du weißt doch, dass unsere Traditionen so unerschütterlich sind wie der Nashornfelsen.“

Xue schnaubte nur und brummte: „Dickkopf!“

Der Anführer der Patrouille ritt zu Jodoboda und begann rasch zu reden. Tarik und Lishay eilten zu den Kindern.

„Rollan!“, rief Tarik. Seine Kleider starrten vor Schmutz, doch er schien unverletzt. Lishay hingegen trug einen bluttränkten Verband um den Oberarm. „Du siehst schon viel besser aus! Ich wusste, dass Abeke und Conor die Bananenkürbisse finden würden.“

Tariks Blick fiel auf Xue. Er hielt verwirrt inne, dann verbeugte er sich.

„Du musst Xue sein“, sagte er. „Ich bin Tarik.“

„Und ich Lishay. Es ist mir eine Ehre, eine Frau kennenzulernen, die …“

„Die schon so alt ist?“, fragte Xue.

„Die so berühmt ist, wollte ich sagen.“

„Begleitest du uns?“, fragte Tarik. „Wir könnten deinen Rat und deine Erfahrung gut gebrauchen.“

„Ich kann nicht“, erwiderte Xue. „Ich muss zuerst einigen Leuten im Norden noch Töpfe verkaufen.“

Tarik nickte, sichtlich enttäuscht. Dann wandte er sich an Jodoboda. „Wir müssen aufbrechen. Wie weit ist es zum See des Elefanten?“

„Kein Tagesritt“, sagte Jodoboda. „Eine Patrouille wird euch begleiten. Aber wo sind die vergifteten Krokodile und die Eroberer jetzt?“

„Hoffentlich über den ganzen Sumpf verteilt. Wir haben sie in alle möglichen Richtungen gelockt und in immer kleinere Gruppen aufgespalten und dann angegriffen … In der vergangenen Nacht sind sie sogar übereinander hergefallen. Aber sie werden sich wieder sammeln und es gibt außer den Krokodilen noch andere groteske Tiere. Dieses merkwürdige Gift …“

„Abeke glaubt, dass es sich um den Gallentrank handelt“, warf Conor ein. „Den Trank, mit dessen Hilfe die Eroberer sich ihre Seelentiere beschaffen. Zerif hat davon gesprochen.“

Abeke nickte. „Als ich noch bei den Eroberern war, habe

ich beobachtet, wie sie unschuldige Tiere damit in Monster verwandelten."

„Ihr habt gesehen, zu was die Eroberer imstande sind", sagte Xue. „Wir brauchen die Hilfe aller freien Menschen, um ihnen das Handwerk zu legen."

„Und die Talismane der Großen Tiere", ergänzte Tarik. „Ich fürchte nur, die Eroberer könnten bereits am See des Elefanten eingetroffen sein."

„Der Weg dorthin ist schwer zu finden", sagte Jodoboda. „Sie kennen ihn nicht. Esst jetzt, wascht euch und versorgt eure Wunden. Sobald ihr fertig seid, brecht ihr zusammen mit der Patrouille auf."

„Wir werden auch auf Nashörnern reiten?", fragte Conor aufgeregt.

„Du klingst, als wäre das etwas Gutes", sagte Rollan mit einem besorgten Blick. Meilin erinnerte sich, wie ungern er ritt, und musste lachen.

Der See des Elefanten

Der Weg zum See des Elefanten lag tatsächlich gut versteckt. Die Nashornreiter folgten einem Pfad, der einen lang gestreckten Bergrücken hinaufführte. Je höher sie kamen, desto dichter wurde der Wald. Aus dem Pfad wurde ein enger grüner Tunnel mit einem vollkommen zugewachsenen Dach und undurchdringlichen Wänden.

Für Rollan war das Reiten eine Qual. Die Nashörner waren zwar kleiner als ihre Verwandten in Nilo, aber trotzdem sehr breit und die Tergesh ritten ohne Sättel. Für ihre Passagiere hatten sie den Tieren lediglich ein Seil um den Bauch gebunden. Rollan hielt sich mit einer Hand an dem Seil und mit der anderen an dem Reiter vor ihm fest und presste zugleich die Beine an die raue Haut, was sehr anstrengend war. Obwohl wieder einigermaßen bei Kräften, musste er seine letzten Reserven aufbieten, um nicht hinunterzufallen. Der Reiter vor ihm bat ihn einige Male, sich nicht so fest an ihn zu klammern.

„Ich halte mich nur deshalb so fest, weil es deinem Nashorn vielleicht peinlich ist, wenn ich hinunterfalle“, erklärte Rollan.

Die anderen schienen den Ritt zu genießen. Conor juchzte jedes Mal, wenn sein Nashorn schwerfällig über einen umgestürzten Baumstamm setzte, und Abeke hatte sogar den Platz mit dem Reiter tauschen dürfen und lenkte das Nashorn mithilfe der Kette.

Nur Meilins Gesicht blieb unbewegt. Rollan fragte sich, ob sie vielleicht nur deshalb keine Begeisterung zeigte, damit er sich nicht so schlecht fühlte.

Der Weg führte eine ganze Weile bergauf, doch schließlich ging es wieder abwärts und Rollan musste nicht mehr fürchten, vom Nashorn herunterzurutschen. Dann bogen sie in einen noch stärker zugewachsenen Nebenpfad ein, der gerade eben breit genug für ein Nashorn war. Der Boden zwischen den mächtigen alten Bäumen wurde steiniger und trockener, der Bewuchs mit Farnen und Gestrüpp ließ nach.

Nach einiger Zeit ragte vor ihnen eine Felswand auf. Das Nashorn ganz vorne lief darauf zu – und war plötzlich verschwunden. Rollan, der auf dem Nashorn dahinter saß und mit gerecktem Hals über die Schulter des Reiters spähte, hielt erschrocken die Luft an. War der erste Reiter etwa in ein Loch gefallen? Warum blieben sie nicht stehen?

Dann sah er, dass sie in Wirklichkeit auf zwei einander überlappende Felswände zuritten. Das erste Nashorn war in den schmalen Weg zwischen den beiden Wänden eingebogen, der steil nach unten führte.

„Wie weit ist es noch bis zum See?“, fragte Rollan seinen Reiter. „Sind wir bald da?“

„Der See liegt vor uns, aber wir brauchen noch eine Weile.“

Es war dieselbe Antwort wie immer.

„Und wascht ihr die Nashörner, wenn wir dort sind?“, fragte Rollan ein wenig spitz.

„Nashörner baden nicht“, erwiderte der Reiter. „Ihr Geruch erfüllt die Herzen unserer Feinde mit Angst.“

„Kann ich mir vorstellen.“ Rollan rümpfte die Nase.

Der abschüssige Weg wurde immer dunkler. Er war sehr schmal und die Felswände stiegen mindestens sechzig Meter in die Höhe. Durch den Spalt über ihnen schien die Sonne, aber ihr Licht drang kaum bis zum Boden der Schlucht.

So ging es eine Weile hinunter und dann wieder hinauf, zunächst allmählich und dann immer steiler. Die Nashörner schnaubten und ihre gewaltigen Muskeln arbeiteten, doch zeigten sie keinerlei Anzeichen von Ermüdung. Die Felswände ragten nun noch höher über ihnen auf.

Einige Stunden vergingen und Rollan hatte das Gefühl, als hätten sie schon mehrere Hundert Höhenmeter zurückgelegt. Doch immer noch war nicht zu erkennen, wann der Weg sie aus der Schlucht hinausführen würde. Wenigstens hatte die Luft ein wenig abgekühlt, nach der Schwüle des Dschungels eine willkommene Abwechslung.

Endlich wichen die Felswände zurück und der Weg wurde breiter. Die Nashörner gingen zuerst paarweise nebeneinander und dann zu viert. Zuletzt passten alle acht nebeneinander.

Die Felswände verloren an Höhe und verschwanden schließlich ganz. Das Gelände öffnete sich und ein See kam in Sicht, kein morastiger Sumpf, sondern eine weite Fläche mit herrlich blauem Wasser. Der See füllte eine Art Krater, vielleicht den Krater eines ruhenden Vulkans, und in seiner Mitte lag eine Insel mit einer aus grauem Stein erbauten Stufenpyramide. Über der obersten Plattform wölbte sich eine steinerne Kuppel.

Die Nashornreiter galoppierten zum Ufer hinunter und hielten in einer Wolke von aufgewirbeltem Sand. Als sich die Wolke verzog, fiel Meilin plötzlich von ihrem Nashorn. Verdattert blieb sie einen Moment auf dem Boden liegen und blickte zum Himmel hinauf. Dann stand sie langsam auf und betrachtete die Wände des Kraters, die Insel und den Himmel.

„Alles in Ordnung, Meilin?“ Conor sprang als Erster vom Nashorn, Abeke und Rollan folgten seinem Beispiel.

Meilin antwortete nicht gleich, sondern sah sich mit glasigem Blick weiter um, noch sichtlich betäubt von ihrem Sturz. Rollan fasste sie vorsichtig an den Schultern, damit sie sich setzte. Doch sie trat zurück, hob die Arme und machte sich von ihm los.

„Was tust du da?", fragte sie, auf einmal wieder wach und anwesend.

„Ich helfe dir. Du bist vom Nashorn gefallen."

„*Ich* bin vom Nashorn gefallen?" Meilin schüttelte den Kopf. „Wahrscheinlich bin ich eingeschlafen …"

„Das passiert Fremden oft", sagte der Nashornreiter, hinter dem Meilin gesessen hatte. „Wenn wir sie mit uns reiten lassen, was allerdings nur selten der Fall ist. Zum Glück bist du erst am Ende des Ritts hinuntergefallen."

Meilin sah ihn verwirrt an und schüttelte wieder den Kopf.

„Mir fehlt nichts", sagte sie. „Sind wir da?"

„Das ist der See des Elefanten", erklärte der Reiter. „Wir haben euch hergebracht, wie Jodoboda es euch versprochen hat. Jetzt müssen wir zurückkehren."

Die anderen Grünmäntel stiegen ebenfalls ab und schulterten ihre Bündel. Dann winkten sie den Nashornreitern, die bereits wendeten und sich entfernten, zum Abschied zu. Rollan war zwar froh, den Ritt überstanden zu haben, aber es wäre ihm lieber gewesen, die Nashornreiter wären noch eine Weile geblieben. Er fühlte sich schutzlos.

„Wahrscheinlich müssen wir zu der Insel hinüber“, sagte Lishay.

Essix stieg über ihnen auf und machte sich mit einem lang gezogenen, fallenden Schrei an die Erkundung des Wegs zur Insel. Jhi, die es vorgezogen hatte, im Ruhezustand zu reisen, tauchte mit einem Lichtblitz auf und blickte ruhig zu der Insel in der Mitte des Sees hinüber. Briggan ging am Ufer auf und ab und betrachtete sie mit seinen durchdringenden blauen Augen ebenfalls. Auch Zhosur und Uraza erwachten aus dem Ruhezustand. Sie balgten nach Katzenart kurz miteinander, bis Zhosur keine Lust mehr hatte und aufgab.

Lumeo, der den ganzen Weg über auf Tariks Schulter gesessen hatte, kletterte an dessen Arm hinunter und betrachtete das Wasser genauer. Doch statt hineinzugleiten, wie er es bei anderen Gelegenheiten an einem schönen Fluss oder See getan hatte, wich er zurück und ließ ein seltsames Fauchen hören.

„Lumeo?“, fragte Tarik. Er zog sein Schwert und näherte sich vorsichtig dem Ufer. Er war nur noch wenige Schritte davon entfernt, als ein Schlangenkopffisch aus dem klaren Wasser sprang und mit nadelspitzen Zähnen nach ihm schnappte. Tarik schrie auf und schlug nach ihm. Zwei zappelnde Hälften fielen auf das Ufer. Tarik beförderte sie mit einem Fußtritt ins Wasser zurück. Im nächsten Augenblick begann der See zu brodeln und zu schäumen und

Dutzende weiterer Schlangenkopffische machten sich über ihren toten Artgenossen her.

„Wir hätten ein paar Reusen aus Xin Kao Dai mitbringen sollen, um die Fische zu fangen“, sagte Rollan.

Lishay nickte. „Jedenfalls sollten wir nicht zur Insel schwimmen. Und hier sind auch keine Bäume, aus denen man ein Floß bauen könnte.“

So weit Rollan sah, gab es hier nichts, das ihnen irgendwie weitergeholfen hätte. Der See füllte den Krater fast komplett aus und war auf allen Seiten von steilen Felswänden umgeben. Den einzigen Zugang bildete der schmale Weg, den sie gekommen waren.

Rollan blinzelte und sah dank Essix auf einmal wieder viel schärfer. Er konnte auch mehr Farben erkennen als sonst. Diese Erfahrung machte er jetzt zum zweiten Mal und er war genauso fasziniert wie am Anfang.

Er beschattete seine Augen mit der Hand und spähte über das Wasser. „Auf der Insel halten sich Menschen auf … oder wenigstens glaube ich, dass es sich um Menschen handelt. Sie haben seltsame Köpfe, die viel zu groß für ihre Körper sind. Drei von ihnen beobachten uns … sie stehen am Fuß der Pyramide, etwa in der Mitte.“

Die anderen kniffen die Augen zusammen. Sie konnten drei kleine Gestalten sehen, aber aufgrund der Entfernung konnten sie nicht erkennen, um wen oder was es sich handelte. Die Gestalten erwiderten den Blick der Grünmäntel eine Weile, dann drehten sie sich um und verschwanden in der Pyramide.

„Hier ist bestimmt irgendwo ein Boot versteckt“, überlegte Abeke. „Da vorne sieht die Kraterwand anders aus …“

Tarik nickte. „Du hast Recht.“ An einer Stelle war der Fels ganz glatt, als hätte ihn jemand bearbeitet. „Das sehen wir uns genauer an.“

Die Wand war nicht nur geglättet, sondern auch mit einer Ritzzeichnung verziert worden. Sie zeigte einen Elefanten, der durch einen Fluss oder See watete und mit erhobenem Rüssel Wasser in die Luft spritzte.

„Dieser Hinweis ist nicht schwer zu deuten“, sagte Rollan. „Wir sind hier eindeutig am See des Elefanten.“

„Vielleicht steckt noch mehr hinter der Zeichnung“, meinte Meilin. Sie ging näher an die Wand heran und fuhr mit den Fingern über die Oberfläche. „Einige Linien sind tiefer als andere … warum wohl?“

Sie trat wieder zurück, um die Zeichnung überblicken zu können, und betrachtete die tieferen, dunkleren Einkerbungen.

„Da ist eine Tür“, sagte sie. „Folgt mal den dunkleren Linien! Sie führen an diesem Elefantenbein hinauf, dann quer über den Rumpf, am Hinterbein hinunter und an der Wasseroberfläche entlang. Und in der Mitte gibt es noch eine senkrechte Linie. Es handelt sich um ein geteiltes Rechteck. Eine Doppeltür!“

„Vielleicht." Conor kratzte sich am Kopf. „Aber wenn das stimmt, ist die Tür millimetergenau in den Rahmen eingepasst. Wie kriegen wir sie auf?"

„Das weiß ich nicht", erwiderte Meilin. „Noch nicht."

„Geheimtüren gehen oft auf, wenn man auf etwas drückt oder an etwas zieht", sagte Tarik. „Gut gemacht, Meilin."

„Vielleicht geht es mit dem Auge des Elefanten", überlegte Conor. „Es steht besonders weit vor. Wir könnten darauf drücken."

„Ich könnte hochspringen und dagegentreten", schlug Abeke vor.

„Wartet!", rief Rollan. „Vielleicht ist das auch eine Falle. Das Auge ist so offensichtlich. Wir sollten mit einem Stock von der Seite darauf schlagen, nicht von vorn."

„Ich könnte das mit meinem Kampfstab tun", bot Meilin an. „Ich müsste die Felswand ein paar Meter hinaufklettern …"

„Alle anderen zurücktreten", rief Tarik.

Meilin wartete, bis die anderen sich in Sicherheit gebracht hatten, und stieg die Felswand neben der Zeichnung hinauf. Dann lehnte sie sich vor, streckte die Hand mit dem Stab aus, so weit sie konnte, und drückte auf das Auge. Es bewegte sich tatsächlich und glitt mehrere Zentimeter in den Felsen hinein.

Ein lautes Klicken ertönte und aus versteckten Löchern in der Zeichnung flogen ein Dutzend Pfeile. Wenn jemand davorgestanden hätte, wäre er mit Sicherheit getroffen worden.

„Dinesh scheint Besucher nicht zu mögen“, sagte Rollan.

„Wenn die Tür so nicht aufgeht, wie dann?“ Abeke trat vor und betrachtete die Zeichnung eingehend.

Sie bemerkte nichts Auffälliges. Doch da richtete sich plötzlich Lumeo auf Tariks Schulter auf und murmelte ihm einige zwitschernde Laute ins Ohr.

„Natürlich!“, rief Tarik und zeigte auf eine winzige Zeichnung neben dem Schwanz des Elefanten. Die Zeichnung war sogar noch kleiner als Tariks Daumen. „Ein Boot!“

„Sieht mehr aus wie ein Bananenkürbis“, erwiderte Rollan. „Oder eine zerquetschte Fliege.“

„Das sind Ruder, keine Beine“, verbesserte Conor. „Es ist tatsächlich ein Boot.“

„Ich könnte von der anderen Seite dagegendrücken“, überlegte Meilin.

Sie kletterte die Kraterwand rechts der Zeichnung hinauf. Rollan begleitete sie, während die anderen sich wieder in eine, wie sie hofften, sichere Entfernung zurückzogen.

Meilin streckte die Hand mit dem Stab aus. Doch die Zeichnung war weit weg und der Stab schwer. Trotz aller Anstrengung und Rollans Zuspruch konnte sie nicht verhindern, dass die Spitze des Stabs hin und her schwankte und das kleine Boot nicht traf.

„Jhi!“, rief sie. „Komm und hilf mir!“

Die Bärin trottete zu ihr und setzte sich neben sie. Meilin atmete einmal tief ein und aus und sofort fiel alle Anstrengung von ihr ab. Rollan hatte sie noch nie so erlebt. Sie wirkte nicht direkt entspannt, sondern sie schien in sich zu ruhen, als hätte ihr Ehrgeiz sie für einen Moment verlassen. Sie war erfüllt von einer Gelassenheit, um die er sie fast beneidete.

Vollkommen konzentriert streckte sie wieder die Hand mit dem Stab aus. Diesmal hielt sie ihn ganz ruhig und drückte ihn genau auf das kleine Boot.

Aus dem Innern der Kraterwand ertönte ein tiefes Rumpeln. Sand rieselte von der Elefantenzeichnung herunter und die beiden Türhälften senkten sich wie eine Zugbrücke langsam nach vorn.

„Warte noch!“, rief Tarik, als Conor hineingehen wollte.

Angetrieben von einem Mechanismus, der in der Höhle versteckt sein musste, rollte ein langes Boot auf einem Wagen heraus. Es war gefertigt aus dicht geflochtenem Schilfrohr und darin lagen ein langer Mast und mehrere Ruder. Das Boot glitt über die gesenkte Brücke zum Seeufer.

Rollan rannte ihm hinterher, packte die Seile, die es hinter sich herschleifte, und brachte es damit zum Stehen, bevor es ins Wasser gleiten und ohne sie wegtreiben konnte.

Die Inselpyramide

Nachdem Rollan das Boot angehalten hatte, war es ganz leicht, es zu Wasser zu lassen und hineinzuklettern. Sie stiegen vorsichtig über das Heck ein und waren darauf bedacht, nicht mit dem Wasser in Berührung zu kommen, weshalb sie anschließend einige Mühe hatten, sich vom Ufer abzustoßen. Das Boot war so leicht gebaut, dass der Wind es hin und her schlingern ließ, als sie weiter auf den See hinausgetrieben waren. Vier von ihnen mussten die ganze Zeit über rudern, um den Kurs auf die Insel zu halten. Außerdem mussten sie den Schlangenkopffischen ausweichen, die nach den Rudern schnappten.

„Ich spüre eine starke Strömung", sagte Tarik, der das Steuerruder übernommen hatte und den Blick an der Kraterwand entlangwandern ließ. „Irgendwo muss ein Fluss in den See münden."

„Da!“, rief Rollan und streckte die Hand aus. Er saß als Ausguck im Bug, während die anderen ruderten. Am Fuß der nördlichen Kraterwand befand sich eine dunkle Stelle. Essix, die auf Rollans Schulter saß, bestätigte seine Feststellung mit einem Schrei.

„Also ein weiterer Zugang“, überlegte Tarik. „Dadurch könnten zum Beispiel auch Krokodile in den See gelangen.“

„Wenigstens sind wir zuerst da“, sagte Meilin.

„Vielleicht können wir ja den Talisman holen und wieder verschwinden, bevor Zerif und die Eroberer uns finden“, fügte Conor hinzu.

„Sie haben einen mächtigen Seher“, sagte Abeke und sah sich um. „Deshalb ist es eher unwahrscheinlich, dass wir unbemerkt von hier wegkommen.“

„Die Leute mit den großen Köpfen kommen übrigens gerade wieder aus der Pyramide.“ Rollan klang nervös, was Abeke ihm gut nachfühlen konnte. „Moment, sie haben Elefantenköpfe! Nein, das ist unmöglich …“

„Nicht aufhören zu rudern!“, rief Tarik, als alle sich zur Insel umdrehten. „Das sind nur Masken.“

„Und sie sind mit Pfeil und Bogen bewaffnet“, fuhr Rollan fort. „Wir müssten gleich in Schussweite sein.“

„Nehmt eure Bögen, Abeke und Lishay“, sagte Tarik.

„Ich habe nur noch drei Pfeile“, gab Abeke zu bedenken. „Und einer davon ist krumm.“

„Ich habe fünf“, sagte Lishay.

„Und vor der Pyramide stehen zwanzig Elefantenköpfe“, ergänzte Rollan. „Alle mit Pfeil und Bogen bewaffnet … Jetzt legen sie Pfeile auf!“

„Anhalten!“, rief Tarik. „Wir müssen mit ihnen verhandeln. Rollan, übernimm das Steuerruder!“

Die beiden tauschten die Plätze, dann stellte Tarik den Fuß auf die hölzerne Galionsfigur, die die Form eines Elefanten hatte, und legte die Hände an den Mund. „Wir sind Grünmäntel und wollen Dinesh besuchen!“

Eine der Gestalten nahm die Elefantenmaske ab. Darunter kam eine Frau mittleren Alters zum Vorschein, deren Haut grau angemalt war.

„Der Elefant empfängt keine Besucher! Kehrt um!“

„Wir müssen ihn aber sehen!“, rief Tarik. „Es ist lebenswichtig!“

„Kehrt um!“, wiederholte die Frau. „Sonst schießen wir!“

„Wenn ihr schießt, müssen wir gegen euch kämpfen!“, brüllte Tarik. „Aber das wollen wir nicht. Wir sind Grünmäntel und Gezeichnete und wir haben Seelentiere! Wir werden euch besiegen.“

„Kehrt um!“

„Nein! Wir müssen mit Dinesh sprechen!“

Die Frau setzte den Elefantenkopf wieder auf und senkte den Arm. Die anderen schossen und Pfeile flogen auf das Boot zu.

„Zurückrudern!“, befahl Tarik. Er selbst blieb am Bug stehen und blickte den Pfeilen entgegen. Als sie an dem höchsten Punkt ihrer Flugbahn angekommen waren, zog er sein Schwert und machte sich bereit, sie zur Seite zu schlagen. Das brauchte er allerdings nicht, sie fielen schon vorher ins Wasser.

„Abeke, schieß einen Pfeil ab“, sagte Tarik. „Ziele auf die Pyramide … Wir wollen diese Menschen nur warnen.“

Abeke und Lishay traten an die Reling und gingen in die Knie, um das sanfte Auf und Ab des Boots auszugleichen.

„Ich nehme die linke Seite“, sagte Lishay.

„Dann nehme ich die rechte.“ Abeke zielte sorgfältig.

Sie schossen genau gleichzeitig, und ihre Pfeile flogen in einem viel flacheren Bogen durch die Luft als die der Elefantenköpfe. Ein erschrockener Ruf zeigte an, dass ihre Warnung angekommen war. Die Frau und vier andere Elefantenköpfe legten hastig ihre Bögen ab und verschwanden im Inneren der Pyramide.

„Bleiben noch fünfzehn“, sagte Conor.

Tarik legte wieder die Hände an den Mund. „Wir wollen nicht gegen euch kämpfen! Lasst uns landen und mit Dinesh sprechen!“

Die einzige Antwort war ein zweiter Hagel von Pfeilen. Tarik spaltete zwei davon in der Luft, Meilin lenkte einen weiteren mit ihrem Stab ab.

„Schießt noch zwei Pfeile ab. Zielt diesmal auf eine Stelle

über ihren Köpfen.“ Tarik seufzte. „Wenn sie doch nur Vernunft annehmen würden!“

„Sie wissen nicht, wer wir sind“, sagte Meilin. „Wahrscheinlich halten sie uns für Eroberer.“

„Dazu sind wir doch viel zu wenige“, wandte Rollan ein. „Obwohl wir natürlich Kundschafter sein könnten …“

Abeke und Lishay schossen wieder. Auf der Insel brachten sich weitere Menschen in Sicherheit. Draußen blieben nur drei Bogenschützen zurück, die tapfer die Stellung hielten. Allerdings nur, bis Lishay und Abeke erneut ihre Bögen spannten. Bevor sie schießen konnten, verschwanden auch die drei in der Pyramide.

„Rudert schnell zur Insel, bevor sie mit Verstärkung zurückkommen“, rief Tarik.

„Ihre Bögen sind schlechter als unsere und haben eine kürzere Reichweite“, erklärte Lishay. „Aber sie haben bestimmt noch andere Waffen.“

„Sie müssen uns nur zuhören“, sagte Abeke. Sie hatte nicht gern auf die Menschen geschossen, die ihnen so deutlich unterlegen waren. „Unsere Gründe leuchten ihnen bestimmt ein.“

„Was sind das für Leute?“, fragte Conor.

„Vermutlich Priester, die Dinesh als göttliches Wesen anbeten“, sagte Tarik. „Die Großen Tiere sind oft angebetet worden, auch wenn sie selbst das in der Regel gar nicht wünschen.“

Am Ufer vor der Pyramide befand sich ein hölzerner Anlegesteg. Sie vertäuten das Boot dort und gingen an Land. Ihre Waffen hielten sie bereit. Doch kein Elefantenkopf zeigte sich und das gewaltige Bronzeportal am Fuß der Pyramide blieb geschlossen.

Rollan wies Essix an, über die Insel zu fliegen und nach einem zweiten Eingang zu suchen. Tarik klopfte unterdessen energisch an das Portal.

„Wir sind Grünmäntel und wollen mit Dinesh sprechen!", rief er. „Wir wollen euch nichts tun!"

Niemand antwortete und das Portal blieb geschlossen.

„Immerhin haben wir gerade auf sie geschossen", gab Rollan zu bedenken. „Kein Wunder, dass sie nicht mit uns reden wollen … äh, Moment."

Essix war zurückgekehrt, kreiste genau einmal über seinem Kopf und flog wieder weg.

„Sie hat oben auf der Pyramide etwas gesehen", erklärte Rollan. „Vielleicht hat sie dort einen zweiten Eingang gefunden!"

„Gut." Tarik begann das Bauwerk hinaufzusteigen. Die Kinder folgten ihm und Lishay bildete den Abschluss. Ihre Seelentiere befanden sich bis auf Essix alle im Ruhezustand. Die Stufen der Pyramide waren ziemlich hoch. Sie gingen Abeke fast bis zur Hüfte, sodass sie einige Mühe hatte, sich hinaufzuziehen. Hoffentlich reichen Rollans Kräfte dafür aus, dachte sie. Auf der vierten Stufe blieb

Rollan keuchend stehen, doch Conor streckte die Hand aus, um ihm zu helfen. Rollan nahm sie mit einem dankbaren Nicken.

Auf der Hälfte der Strecke machte Tarik Pause und blickte über den See. „Seht mal, da drüben!"

Große, dunkle Schatten glitten zu Dutzenden durch das klare Wasser. Sie kamen von der Stelle, an der der unterirdische Fluss in den See mündete.

„Krokodile!", rief Abeke. „Offenbar wollen die Eroberer uns damit angreifen! Aber die Schlangenkopffische werden sie doch bestimmt …"

Sie verstummte, als sich plötzlich Strudel an der Oberfläche des Sees bildeten. Kleinere Schatten schossen durch das Wasser und griffen die größeren an. Wasser spritzte und verfärbte sich rosa. Der Kampf dauerte allerdings nicht lange. Die Krokodile konnten mit einem einzigen Biss gleich mehrere Schlangenkopffische töten und die Raubfische kamen mit ihren spitzen Zähnen nicht durch die gepanzerte Haut der Krokodile. Schon bald trieben einige kleinere Fische tot an der Wasseroberfläche. Allerdings kamen auch immer mehr nach und drückten sich durch die Überreste ihrer Artgenossen. Die Krokodile standen so sehr unter der Kontrolle des Gallentrankes, dass sie nicht einmal anhielten, um die toten Fische zu fressen.

„Auf der Kraterwand stehen Menschen", sagte Rollan. „Soldaten."

„Und Seelentiere!“, fügte Conor hinzu und schirmte die Augen mit der Hand gegen die Sonne ab. „Es muss sich also um Eroberer handeln.“

Auch Abeke sah die vielen Soldaten, die in diesem Moment Seile an den Wänden des Kraters hinunterließen. „Aber wie haben sie hierhergefunden?“

Meilin schüttelte den Kopf. „Keine Ahnung. Ich glaube, es sind dieselben, die auch meinen Vater überfallen haben … Sie müssen auf demselben Weg gekommen sein wie ich, durch das Labyrinth!“

„Hoffentlich hat Essix wirklich einen zweiten Eingang in den Tempel gefunden“, sagte Tarik grimmig. „Kommt!“

Sie kletterten hastig weiter und halfen sich gegenseitig. Doch als sie die Spitze der Pyramide erreichten, sahen sie keine Tür. Bei der Kuppel, die über ihnen aufragte, handelte es sich dem Anschein nach um einen riesigen, mit Einkerbungen übersäten grauen Steinblock, der viel größer war als die anderen Steine, aus denen die Pyramide erbaut war. Die seltsamen Zeichen und schwungvollen Linien, mit denen die Kuppel bedeckt war, erinnerten ein wenig an eine Weltkarte.

„Hältst du uns zum Narren, Essix?“, schimpfte Rollan. „Wenn der Eingang unter diesem Stein liegt, kommen wir da doch nie …“

Essix, die über der Kuppel kreiste, schrie empört.

„Ich verstehe nicht, was sie meint.“ Rollan sah die anderen an, als wollte er sich für sein Seelentier entschuldigen. „Aber sie glaubt offenbar, dass der Eingang hier irgendwo liegt."

„Wir müssen ihn schnell finden", sagte Meilin. „Die Krokodile haben den See schon zur Hälfte überquert und sie sind so groß, dass sie ganz bestimmt hier heraufsteigen können!"

„Vielleicht kann Briggan den Eingang ja ausfindig machen", schlug Conor vor und rief den Wolf. Briggan erschien mit einem Blitz, lief sofort zum Fuß des gewaltigen Steinblocks, schnüffelte daran und setzte sich.

„Briggan meint auch, dass hier ein Eingang ist", sagte Conor verwirrt. „Oder eher, dass wir am Ziel angekommen sind …"

Er ging ein paar Schritte zurück und blickte prüfend an der Kuppel hinauf. Rollan trat neben ihn, während Essix weiter empört kreischte. Abeke rief Uraza und Uraza blickte erstaunt zu ihr auf, als könnte sie nicht verstehen, warum die Menschen etwas so Naheliegendes nicht sahen.

„Zeig uns, was wir übersehen", forderte Abeke sie auf.

Uraza ging zum Fuß der Kuppel, stellte sich auf die Hinterbeine und fuhr mit den Krallen ihrer Vorderpfoten über den Stein. Funken sprühten und ein dünner Rauchfaden stieg auf.

Ein gewaltiges Donnern ertönte und die Pyramide erbebte. Die Grünmäntel erschraken und schwankten und

Rollan und Meilin wären fast vom Rand der Pyramide gefallen. Uraza wich hastig zurück und blickte erwartungsvoll zu der Kuppel hinauf.

Ein versteckter Sprengsatz, dachte Abeke. Wenn die Kuppel nun zerbarst und den Tempel, auf dem sie standen, zerstörte? Sie machte einen hastigen Schritt zurück und stürzte. Als sie wieder aufstehen wollte, schob Uraza sich zwischen ihren Beinen hindurch und sie fiel erneut hin.

Zuerst entsetzt und dann staunend blickte sie nach oben. Der gewaltige Felsen über ihr wuchs langsam in die Höhe und faltete sich auseinander. Die rätselhaften Linien wurden breiter und zerteilten den Stein in einzelne Glieder und einen mächtigen Rumpf. Zuerst erschien ein Rüssel, der sich suchend bewegte und so lang war wie der höchste Baum des Dschungels. Dann bildeten sich zwei gewaltige Füße, die sich langsam auf die oberste Stufe der Pyramide absenkten.

Ein Elefant stand über ihnen, der so riesig war, dass im Vergleich dazu alles andere zwergenhaft klein wirkte.

Mit einigen donnernden Schritten drehte er sich so, dass er mit seinen wütenden Augen zu ihnen hinunterblicken konnte. Lange, spitze Stoßzähne schwenkten bedrohlich durch die Luft.

„Was muss ich eigentlich noch tun, dass man mich in Ruhe lässt!?“, brüllte der Elefant Dinesh.

Dinesh

Rollans Kehle war wie zugeschnürt, und zwar nicht nur wegen des Staubs, den Dinesh aufgewirbelt hatte. Er fürchtete, von einem der Riesenfüße zertrampelt, von einem Stoßzahn aufgespießt oder von dem gewaltigen Rüssel gepackt und als Ganzes verschluckt zu werden.

Meilin fand ihre Stimme als Erste wieder. „Wir stören deine Ruhe nicht leichtfertig“, sagte sie mit einer tiefen Verbeugung. „Im Gegensatz zu den Krokodilen. Sie wurden von den Eroberern vergiftet, die dem neuen Schlinger dienen. Wir dagegen sind Abgesandte der Grünmäntel und die Gefährten der Vier Gefallenen, wir brauchen deine Hilfe!“

Mit diesen Worten entließ sie Jhi auf die Stufe neben ihr. Der Leopard und der Wolf stellten sich neben die Pandabärin, der Falke ging im Sturzflug nach unten und stieg krächzend wieder auf.

Dinesh beute sich zu ihnen hinunter, angesichts seiner kolossalen Größe ein bedrohliches Unterfangen. Die Pyramide knarrte unter seinem Gewicht und Rollan meinte ganz sicher zu spüren, wie sich die Steine unter seinen Füßen bewegten.

„Stimmt, ich sehe, dass Jhi deine Gefährtin ist. Und da ist auch Uraza, die mich aus meiner inneren Einkehr gerissen hat. Essix fliegt wie immer herum, und Briggan will bestimmt wieder jemanden beißen … Ich habe die vier nicht vermisst. Sie sind klein, aber vermutlich wachsen sie noch."

„Die Zeit drängt, Dinesh", sagte Tarik. „Wir werden nicht nur von Krokodilen verfolgt, sondern von einer ganzen Armee mit vielen Seelentieren. Sie kommen nicht zum Reden, sondern als Diebe."

„Diebe? Was wollen sie stehlen?"

„Deinen Talisman, Dinesh", sagte Rollan, der sich von dem Schock erholt hatte. „Den Schieferelefanten."

„Aha", polterte Dinesh. „So leicht bekommen sie den aber nicht. Ihr wollt ihn auch, stimmt's?"

Abeke nickte. „Ja. Wir brauchen ihn für den Kampf gegen den großen Schlinger."

„Er ist zurückgekehrt, sagt ihr? Sind Kovo und Gerathon denn aus dem Gefängnis entkommen?"

„Das wissen wir nicht", sagte Tarik. „Aber unsere Feinde haben bereits viele Länder erobert und die Agenten des

Schlingers suchen ebenfalls nach den Talismanen. Den Eisernen Eber haben sie bereits."

„Und ihr habt den Granitwidder." Dinesh richtete seinen durchdringenden Blick auf Abeke, als spürte er den Talisman, der um ihren Hals hing.

„Wir brauchen den Schieferelefanten ganz dringend", sagte Conor. „Wenn du ihn uns gibst, könnten wir vielleicht noch …"

„Vor den Krokodilen und Soldaten flüchten?"

„Gegen sie kämpfen", sagte Abeke.

„Aha, ich habe euch wohl falsch eingeschätzt", sagte Dinesh. Der Elefant seufzte und blickte den näher kommenden Krokodilen entgegen und zur nördlichen Kraterwand hinüber, an der sich die Soldaten inzwischen scharenweise abseilten. An der Felswand hingen zahlreiche Strickleitern und Seile. Auch Boote wurden nach unten gelassen, lange, leichte Kanus, die die Soldaten offenbar kilometerweit durch das Große Bambuslabyrinth und den Dschungel geschleppt hatten.

„Gibst du uns nun deinen Talisman?", fragte Conor leise.

Der Elefant veränderte seine Position ein wenig und das Knirschen klang so, als würden Felsbrocken aneinandergerieben.

„Das ist eine ziemlich große Bitte", sagte er. „Ein Großes Tier und sein Talisman, das sind zwei Seiten einer Medaille, wie Früchte desselben Baums ... Wenn wir unseren Talisman weggeben, geben wir damit etwas von uns selbst her. Andererseits müssen wir uns wohl alle mit Veränderungen abfinden, jeder auf seine Weise. Selbst wenn wir uns am liebsten vor ihnen drücken würden, wie Suka in ihrem Grab aus Eis. Obwohl ich in ihrem Fall nicht sicher bin, ob sie sich drücken wollte."

„Die Eisbärin Suka?", fragte Tarik. „Sie liegt in einem Grab aus Eis?"

„Ja. Wenigstens habe ich das als Letztes von ihr gehört. Ich habe keinen Kontakt mehr zu den anderen Großen Tieren und weiß auch nicht, was in der Welt vor sich geht."

„Jetzt kommt die Welt zu dir, ob es dir gefällt oder nicht", sagte Rollan. „In etwa fünf Minuten steigen einige Hundert Geschöpfe des Gallentranks ans Ufer dieser Insel, gefolgt von einer ganzen Armee unserer Feinde. Willst du uns den Schieferelefanten nun geben oder nicht?"

„Das Schicksal soll für mich entscheiden", antwortete Dinesh. „Warten wir ab, wer heute Abend noch lebt. Aber ich will euch zumindest ein wenig helfen. Die Menschen, die mir als Priester dienen, sollen an eurer Seite kämpfen, damit der Kampf nicht ganz so ungleich ist."

Der mächtige Elefant stellte sich auf die Hinterbeine – ein atemberaubender Anblick – hob den Rüssel und trompetete ein Signal, das laut durch den Krater und wahrscheinlich noch viele Kilometer darüber hinaus hallte.

Dann kauerte er sich auf der Pyramide zusammen. Seine Haut wurde dunkler und versteinerte und er verwandelte sich wieder in die riesige Kuppel.

Sein Trompetenruf dagegen hallte weiter über den See. Zumindest schien es den Grünmänteln zunächst so. Doch dann merkten sie, dass es andere Signale waren, die auf Dineshs Ruf antworteten. Von dem schmalen Pfad zwischen den Felswänden kamen ferne Hornstöße, begleitet vom Wummern zhongesischer Gongs.

Doch die Grünmäntel hatten keine Zeit, zu überlegen, was das bedeutete. Sie sprangen die Pyramide hinunter und eilten zu dem Bronzeportal. Rollan blieb ein wenig zurück, denn er war noch vom Aufstieg geschwächt. Er sah, dass die ersten Monsterkrokodile an Land gekrochen waren und auf die Pyramide zuhielten. Hinter ihnen näherten sich weitere Tiere, die mit den durch den Gallentrank vergrößerten Schwänzen das Wasser peitschten.

Er fürchtete schon, die Krokodile könnten als Erste am Portal ankommen, doch die Grünmäntel waren schneller. Im letzten Moment drehten sie sich zu ihren Gegnern um und die Seelentiere von Tarik und Lishay nahmen Gestalt an, um am Kampf teilzunehmen. Aus der Pyramide strömten die Priester des Elefanten und eilten an ihre Seite. Sie trugen inzwischen Kettenhemden und hatten die unförmigen Elefantenköpfe aus Papier durch glänzende Stahlhelme mit spitzen Hörnern ersetzt. In den Händen hielten sie lange Speere und Schwerter, an ihren Gürteln hingen scharfe Messer. Auf das Kommando ihres Anführers hin bezogen sie vor dem Portal Aufstellung und die Grünmäntel reihten sich zwischen ihnen ein.

Die Krokodile schnappten wütend nach ihnen, doch die meisten waren schnell erledigt. Die Priester durchbohrten sie mit ihren Speeren und Tarik schlug mit seinem Schwert auf sie ein. Abeke und Lishay erschossen sie mit Pfeilen der Elefantenpriester, die sie rasch vom Boden aufgelesen hatten. Einige Krokodile wurden von Conor mit der Axt erschlagen oder von Briggan gebissen, andere fielen Rollans Messer zum Opfer. Uraza und Zhosur liefen neben den Kämpfenden auf und ab und stürzten sich auf die übrigen Reptilien.

Trotzdem wäre ein besonders großes Krokodil fast durch die Linie der Verteidiger gebrochen und Lumeo konnte es gerade noch ablenken. Das Krokodil wendete und schnappte so heftig nach dem flinken Otter, dass es sich fast selbst in den Schwanz biss. Während es versuchte sich neu zu orientieren, landete Conors Axt auf seinem Kopf.

Schon krochen die nächsten Krokodile an Land und Tarik verlor keine Zeit, rasch die Verteidigung neu zu organisieren.

„In die Pyramide! Sichert das Portal!“, befahl er und die anderen gehorchten. Als alle ins Innere des Tempels gelaufen waren, warf er sich gegen einen der massiven Torflügel, der sich knarrend in Bewegung setzte. Einige Priester eilten Tarik zu Hilfe und gemeinsam schafften sie es, das Tor zu schließen. Wummernd fielen die Türen zu und gewaltige Riegel rasteten automatisch in ihren Verankerungen ein.

„Gibt es hier Schießscharten?", fragte Tarik.

Ein hochgewachsener Priester nickte und entfernte einige Holztafeln, die auf Brusthöhe an der Außenwand angebracht waren. Dahinter befanden sich schmale Öffnungen.

Tarik wandte sich an Lishay und Abeke. „Schießt da durch." Er sah sich in dem großen Raum um, in dem sie standen. Außer ihnen befanden sich noch mindestens vierzig bewaffnete und gepanzerte Elefantenpriester in der Pyramide. Ein weiteres Dutzend war in lange graue Gewänder gekleidet und hatte sich um ein gewaltiges Rad aus Bronze versammelt, das an der rückwärtigen Wand des Saals hing.

„Was ist das für ein Rad?", fragte Tarik.

„Es öffnet die Schleuse", sagte einer der unbewaffneten Priester. Er sah jünger aus als die meisten anderen und schien die dramatische Wende, die das bisher so geordnete Leben der Priester genommen hatte, besser zu verkraften. „Man kann damit den See ablassen."

„Wie schnell geht das?", fragte Tarik.

„Das wissen wir nicht. Es ist das letzte Mittel der Verteidigung und wir haben es noch nie ausprobiert."

„Wenn es schnell geht, können wir dadurch die Eroberer in den Booten unschädlich machen", sagte Conor. „Sie werden dann von der Strömung zum Grund des Sees gezogen."

Tarik nickte. „Gibt es hier eine Stelle, von der aus man den See überblicken kann? Wir müssen wissen, ob die Eroberer ihre Boote schon zu Wasser gelassen haben."

Der Priester zeigte auf eine Treppe weiter links.

„Es gibt auf jedem Absatz versteckte Luken", erklärte er. „Aber sobald sie geöffnet sind, kann man sie von außen sehen."

„Rollan, schau nach, was die Eroberer machen", befahl Tarik.

Rollan eilte die Treppe hinauf. Im selben Augenblick schlug etwas dumpf gegen das Bronzeportal. Die Krokodile warfen sich von außen dagegen. Conor rannte Rollan nach, Abeke und Lishay schickten Pfeile durch die Schießscharten und zielten jedes Mal sorgfältig. Die Elefantenpriester brachten ihnen unaufgefordert Köcher mit neuen Pfeilen.

Rollan war inzwischen keuchend an der Luke im vierten Stock angelangt. Conor trat neben ihn und gemeinsam spähten sie über den See.

Sie brauchten nicht den scharfen Blick von Essix, um die dort versammelte Streitmacht zu sehen.

„Die Ersten sind schon auf dem See!", rief Conor nach

unten. Rollan war noch so außer Atem, dass er nicht sprechen konnte. „Und ein riesiges Krokodil treibt die anderen Tiere zur Insel."

„Offenbar ist der Schlinger selbst anwesend", hörten sie Tarik sagen. Jemand schrie ängstlich auf.

„Wenn wir ihn besiegen könnten ...", überlegte Conor. „Dann wäre der Krieg womöglich jetzt gleich zu Ende!"

Rollan sah ihn ungläubig an. Das kam ihm doch zu optimistisch vor. Ihre Gegner waren ihnen zahlenmäßig um das Tausendfache überlegen. Außerdem hatten sie ein Riesenkrokodil und vermutlich noch alle möglichen anderen Tiere, die durch den Gallentrank zu Monstern geworden waren.

Die beiden rannten die Treppe wieder hinunter zu ihren Gefährten.

„Habt ihr jemanden auf dem Weg zwischen den Felswänden gesehen?", fragte Meilin. „Nashornreiter oder zhongesische Soldaten?"

„Nein", erwiderte Rollan keuchend. „Da draußen sind nur viele Tausend Eroberer, die sich von den Kraterwänden abseilen, und Hunderte von Booten."

„Sind schon viele auf dem Wasser?", fragte Tarik.

„Ein Drittel, vielleicht auch mehr", sagte Conor.

„Öffnet die Schleuse", befahl Tarik.

Die Priester packten das Bronzerad. Doch sosehr sie auch daran zogen und drückten, es wollte sich nicht drehen.

Wieder griffen die Krokodile an und das Portal erzitterte unter ihren dumpfen Schlägen. Die Riegel ächzten, hielten aber stand.

„Sie werfen sich wie rasend gegen das Tor!“ Abeke legte einen neuen Pfeil an und schoss. „Sie sind vollkommen durchgedreht! Auf ein Krokodil habe ich jetzt schon ein Dutzend Mal geschossen, aber es greift trotzdem weiter an!“

„Alle außer Abeke und Lishay an das Rad!“, befahl Tarik. Und an die Priester gewandt: „Macht uns Platz!“

Conor, Rollan, Meilin und Tarik eilten mit ihren Seelentieren zu dem gewaltigen Rad.

„Packt es und ruft die Kraft eurer Seelentiere auf!“, sagte Tarik.

Sie warfen sich gegen das Rad, aber es wollte sich immer noch nicht drehen. Das Portal dröhnte wieder unter dem Anprall der Krokodile, doch diesmal war von den Riegeln, die es verschlossen hielten, ein alarmierendes Splittern zu hören.

„Das Tor gibt nach!“, rief Lishay.

„Drehen!“

Das Rad bewegte sich nicht.

„Hilf mir, Jhi!“, rief Meilin.

Jhi richtete sich auf die Hinterbeine auf, trottete schwerfällig zu dem Rad und legte die Tatzen auf eine dicke Speiche. Rollan hatte schon gehört, was Jhi mit ihrer Kraft im

Bambuslabyrinth ausgerichtet hatte, sie aber noch nie in Aktion erlebt.

„Alle gleichzeitig“, rief Meilin. *„Jetzt!“*

Rollan schloss die Augen und drückte mit aller Macht gegen das Rad und auch die anderen mobilisierten ihre letzten Kräfte.

Ein Knirschen wie von Kies ertönte und der Rost, der das Rad festgehalten hatte, löste sich. Es bewegte sich, langsam zunächst und dann schneller, bis es sich schon fast von allein drehte.

„Rollan, sieh nach, ob sich draußen etwas verändert!“, befahl Tarik. Noch während er sprach, zersplitterte einer der Riegel des Tors. Nur noch ein Holzbalken hielt es jetzt geschlossen. „Alle anderen machen sich zum Kampf gegen die Krokodile bereit!“

Der letzte Balken brach und Abeke und Lishay sprangen zur Seite. Ein hässliches Krokodil mit roten Augen drängte durch den Spalt und wurde sofort von den Elefantenpriestern mit ihren Speeren angegriffen. Weitere Krokodile folgten und drückten die Torflügel auf. Sie wurden von Tarik und den Kindern empfangen. Im Innern der Pyramide begann ein erbitterter Kampf. Die Menschen schrien und manche der Krokodile prallten vor blinder Raserei gegen die steinernen Wände.

Rollan lief die Treppe hinauf und rief nach Essix. An den Luken der unteren Etagen hielt er gar nicht erst an, sondern rannte gleich weiter bis zum achten Treppenabsatz. Von dort hatte er einen besseren Blick über den See. Hastig schob er die Luke auf und sah hinaus.

Die feindliche Armada hatte den See bereits zur Hälfte überquert und hielt auf die Insel zu. Hunderte der kanuähnlichen Boote waren schon unterwegs, mindestens noch einmal so viele wurden noch zu Wasser gelassen.

Das riesige Krokodil sah er dagegen nicht mehr, was ihn beunruhigte. Und der See, zumindest die nördliche Hälfte, die er überblickte, schien sich nicht zu leeren.

Er schloss die Luke, eilte auf die östliche Seite der Pyramide und sah hinaus, doch auch hier bemerkte er keine Veränderung. Er rannte zur südlichen Seite weiter. Essix schrie, kam im Sturzflug herunter und landete zwei Meter vor der Luke. Rollan hatte auf einmal wieder den ihm inzwischen vertrauten Falkenblick und sah die Gegner überscharf. Den Schlinger konnte er unter den herannahenden Soldaten nicht erkennen.

Dafür fiel ihm etwas anderes auf, unmittelbar vor der Luke, an der Stelle, wo Essix saß. Dort hatte ein Stein eine geringfügig andere Färbung als die anderen Steine der Pyramide, ein dunkleres Grau, näher an der Farbe des Elefanten. In die Oberfläche war etwas eingeritzt.

Rollan streckte die Hand durch die Luke und strich darüber. Essix verfolgte seine Bewegungen aufmerksam. Die Zeichnung zeigte einen ungefähr handgroßen Elefanten.

Rollan fuhr mit den Fingern die Ritzen entlang und drückte versuchsweise darauf.

Die Zeichnung sprang heraus – ein kleiner grauer Elefant, an dessen Rücken eine goldene Kette hing.

Er hatte den Schieferelefanten gefunden, den Talisman!

Rollan schloss die Finger darum und nahm ihn heraus. Seine Gedanken rasten. Jetzt, wo sie den Talisman hatten, konnten sie versuchen zu fliehen, konnten mit dem Boot aus Schilfrohr zu dem Weg zurückkehren, den sie gekommen waren. Vielleicht schafften sie es noch … obwohl das Risiko unglaublich hoch war, auch mit dem Talisman.

Und der gehörte Dinesh. Der Elefant hatte ihnen den Talisman nicht gegeben, Rollan hatte ihn gefunden. Ihn einfach mitzunehmen wäre Diebstahl. Und wollte er wirklich von einem wütenden Riesenelefanten verfolgt werden?

In Concorba hatte er gestohlen, aber nur, um zu überleben. Er war kein Dieb. Er hatte seine Ehre und war deshalb nicht den Weg vieler anderer Waisen gegangen, die zu Betrügern und noch schlimmeren Verbrechern wurden. *Nimm nie den Armen oder Kranken etwas weg und stehle nicht, wenn es eine andere Möglichkeit gibt.* Galt das nicht auch für jetzt? War es nicht besser, sich den Talisman zu verdienen, als ihn einfach mitzunehmen?

Die Versuchung war freilich groß. Dinesh besaß eine unglaubliche Kraft. Sich nur vorzustellen, was sein Talisman bewirken konnte!

Ganz langsam drückte er den Elefanten wieder in den Stein, ohne zu wissen, ob es nicht das Dümmste war, was er je getan hatte. Er wollte sich auch gar nicht vorstellen, was Meilin sagen würde, wenn sie davon erfuhr.

Kaum war der Elefant wieder an seinem Platz, hörte Rollan eine Stimme in seinem Kopf.

Gut, sagte Dinesh. *Wenn du den Talisman gegen meinen Willen genommen hättest, wärst du jetzt mein Feind. Weil du ihn zurückgegeben hast, bin ich dein Freund.*

Essix nickte zustimmend und Rollan wurde vor Erleichterung ganz schwach.

Äh, danke, dachte er, obwohl er nicht wusste, ob Dinesh ihn überhaupt hören konnte oder ob die Kommunikation mit Gedanken nur in eine Richtung funktionierte. *Wenn du mein Freund bist, dann hilf uns jetzt gleich.*

Es kam keine Antwort. Essix flog eine Luke weiter. Rollan folgte ihm und öffnete den Deckel.

Diesmal wurde er mit einem ganz anderen Ausblick belohnt. In der südlichen Kraterwand hatte sich ein großes Loch geöffnet, das anscheinend unter der Wasseroberfläche weiterging. Davor schäumte und brodelte der See und ein Wirbel hatte sich gebildet. Das Wasser floss ab! Allerdings zu langsam. Die Strömung war nicht stark genug, um die angreifende Armee in das Loch zu saugen.

Hilfe ist unterwegs, sagte Dinesh. *Sieh nach Westen!*

Auf Messers Schneide

Conor trat schwer atmend ein paar Schritte zurück und wischte die Axt an seinem Kittel ab. Sie hatten die Krokodile der ersten beiden Angriffswellen getötet. Mit düsteren Gesichtern standen Grünmäntel und Elefantenpriester zwischen den Kadavern, reinigten ihre Waffen und versorgten ihre Wunden. Meilin verband einen Priester mit einer schlimmen Bisswunde, die Jhi zuvor behutsam sauber geleckt hatte.

„Mit dem kaputten Tor können wir uns hier nicht halten“, sagte Tarik zu Lishay, die einige Pfeile aus den toten Krokodilen zog. „Wenn der See sich nicht schnell genug leert, müssen wir uns auf die Spitze der Pyramide zurückziehen oder mit dem Boot fliehen.“

„In das Boot passen wir nicht alle“, sagte Conor mit einem besorgten Blick auf die Priester, die nach der missglückten ersten Begegnung tapfer an ihrer Seite gekämpft hatten. Die Grünmäntel durften sie nicht ihrem Schicksal überlassen.

Aber wenn sie das Boot nicht nahmen, mussten sie womöglich alle sterben. Die Eroberer würden sie besiegen und dann würde Erdas dem großen Schlinger in die Hände fallen.

Rollan kam aufgeregt die Treppe heruntergerannt.

„Der See leert sich", keuchte er. „Allerdings nicht schnell genug. Die Gegner haben ihn schon zur Hälfte überquert …" Er machte eine Pause und holte Luft. „Aber ich habe auch eine gute Nachricht. Auf dem Weg zwischen den Felswänden kommen Nashornreiter! Und außerdem zhongesische Soldaten mit Fahnen in Silber und Rot!"

„Silber und Karmesinrot!", rief Meilin. „Mein Vater!"

„Keine Ahnung, wie die hierhergekommen sind", sagte Tarik. „Aber zusammen mit ihnen haben wir eine Chance."

„Ich wette, Xue hat sie gerufen", sagte Conor.

„Hast du den Schlinger gesehen?", fragte Tarik. „Oder sein großes Krokodil?"

Rollan schüttelte den Kopf.

„Wie weit sind die Boote noch entfernt?"

„Etwa zehn Minuten. Aber einige von ihnen haben bereits den Kurs gewechselt, um die Nashornreiter zurückzuschlagen."

„Lass uns nach draußen gehen und nachsehen", sagte

Tarik. „Bleibt zusammen und seid darauf gefasst, dass wir uns hierher zurückziehen müssen."

„Essix meint, die Luft sei rein." Rollans Blick war abwesend geworden. „Das Riesenkrokodil ist nirgendwo zu sehen."

Conor warf Briggan einen Blick zu und musste lächeln. Der Wolf stand über einem toten Krokodil, als ob er ihm drohen wollte, ja nicht mehr aufzuwachen. Zusammen hatten sie mehr erlebt, als sich ein einfacher Schafhirte je hätte erträumen können und dafür war Conor unglaublich dankbar, selbst wenn sie heute noch im Kampf sterben mussten.

Tarik wischte sein Schwert am Hosenbein ab und die anderen stellten sich keilförmig hinter ihm auf. Zhosur und Uraza liefen rechts und links von ihnen, Briggan ging voraus. Jhi leckte den verwundeten Priester ein letztes Mal, dann versetzte sie sich in den Ruhezustand und tauchte als Tattoo auf Meilins Arm auf.

Zusammen gingen sie nach draußen in die Sonne, durch das kaputte Tor und vorbei an den Krokodilkadavern, deren Köpfe mit so vielen Pfeilen gespickt waren, dass sie aussahen wie übergroße Nadelkissen. Essix flog tief über ihren Köpfen und schrie, sodass die Priester erschrocken zusammenzuckten.

Der größte Teil der Eroberer, mehrere Tausend Soldaten, kletterte noch die Kraterwand hinunter. Alle schienen von Seelentieren begleitet zu werden, darunter so verschiedene Arten wie Luchse, Pumas, Schakale, Eber, Bären und Hyänen. In der Luft über ihnen flogen Fledermäuse, Raben, Geier und Falken.

Der See füllte sich immer mehr mit Booten, doch noch hatte keines die Insel erreicht. Das Wasser war deutlich gesunken verglichen mit dem früheren Stand, der am Ufer abzulesen war. Die durch den Abfluss erzeugte Strömung trieb die Boote der Angreifer aber nur schneller auf die Insel zu.

Am westlichen Ufer hatten sich bereits viele Eroberer aufgestellt und erwarteten die Nashornreiter, die aus dem Weg zwischen den Felswänden hervorkamen. Hinter jedem Reiter saß ein zhongesischer Soldat. Die Soldaten sprangen ab und formierten sich zu dichten Reihen. Der Lack auf ihren Panzern leuchtete rot.

Doch selbst zusammen waren Nashornreiter und Soldaten den Eroberern noch um ein Vielfaches unterlegen.

„Die Eroberer werden sie besiegen", sagte Meilin leise. Conor warf ihr einen Blick zu. Ob sie an die Einnahme von Jano Rion dachte? „Und uns alle auch. Es sind einfach zu viele."

Conors Mut sank. Meilin hatte Recht. Die Hoffnung, die ihn beflügelte, seit er von der Ankunft der Nashornreiter und der zhongesischen Soldaten gehört hatte, schwand.

„Wenn du uns helfen willst", sagte Rollan neben ihm, „dann wäre jetzt ein guter Zeitpunkt."

Conor sah ihn verwirrt an. Rollan blickte in eine Richtung, wo niemand stand.

„Mit wem sprichst du?", fragte er.

„Äh … mit Dinesh. Er ist mir was schuldig. Glaube ich zumindest. Vielleicht hat er auch nur …"

Rollan packte Conor an der Schulter, denn die Insel ruckte plötzlich unter ihnen hin und her.

„Was war das?" Conor blickte zu Boden. Es hatte sich wie ein Erdbeben angefühlt.

„Sieh mal!" Rollan zeigte zur Kuppel der Pyramide hinauf. Sie schien sich zu heben, als bewege Dinesh sich.

Dann sah Conor, wie die schweren Steinblöcke auf der Spitze der Pyramide zur Seite geschoben wurden, als wäre die Kuppel nur die obere Hälfte einer riesigen Kugel … einer Kugel, die gleich losrollen würde …

„Lauft!", schrie Rollan. „Nach links!"

Die anderen drehten sich um und sahen, wie sich die Kugel langsam in ihre Richtung bewegte. Sie war fast halb so groß wie die ganze Pyramide und brach durch die Steine, als wären es bröckelige Ziegel. Wenn sie nicht schnell das Weite suchten, würden sie zermalmt werden!

Eine Rampe aus gemahlenem Stein hinterlassend, fiel die Kugel über die erste Stufe. Der Boden erzitterte und Grünmäntel und Elefantenpriester flohen zum Rand der Insel. Die Kugel rollte weiter hinunter, wurde dabei immer schneller und schien sogar noch zu wachsen. Dinesh war zwar riesig gewesen, dachte Conor, aber *so* riesig nun auch wieder nicht.

Da sprang die Kugel in die Luft und krachte wieder auf den Stein. Die Erschütterung riss die Menschen um, die am Fuß der Pyramide standen.

Der riesige Ball sprang erneut hoch und wurde dabei noch größer. Mit offenem Mund verfolgte Conor, wie der Felsbrocken, der jetzt die Größe eines kleinen Mondes hatte, in schwindelnde Höhen aufstieg und über sie hinwegflog. Dann fiel sie wieder herunter – und landete mitten auf der gegnerischen Flotte.

Mit ungeheuerlicher Wucht schlug sie auf der Wasseroberfläche auf und verdrängte das restliche noch im See verbliebene Wasser. Boote, Soldaten, Seelentiere und Krokodile wurden in die Luft geschleudert und gingen dann wie eine Sturzflut auf den Seegrund nieder.

Conor, der auf dem Boden lag, schützte seinen Kopf mit den Händen. Er hielt die Luft an, als eine Welle gegen die Insel krachte und ihre Gischt bis zur Spitze der Pyramide hinaufsprühte. Doch sie waren noch einmal glimpflich davongekommen, weil das meiste Wasser hoch in die Luft gespritzt war.

Conor stand als Erster wieder auf. Mit klopfendem Herzen sah er sich nach Briggan um. Der Wolf kauerte geduckt und mit gebleckten Zähnen bei den beiden Raubkatzen. Er schüttelte sich und Wassertropfen flogen in alle Richtungen. Auch den anderen Seelentieren war nichts passiert, nicht einmal Essix. Das Falkenweibchen schwebte als schwarzer Punkt hoch über ihnen.

Etwas fiel Conor zappelnd vor die Füße: ein Schlangenkopffisch, der ihn noch beißen wollte, obwohl er nach Luft schnappte. Conor erlöste ihn rasch mit einem Schlag der Axt von seinem Leiden.

In der Nähe ertönte der Trompetenruf eines Elefanten.

„Seht!", rief Rollan und streckte die Hand aus.

Der See war leer. Sein steiniger Boden war mit verwundeten Eroberern und zertrümmerten Booten bedeckt. Die riesige Kugel in der Mitte, die die Sintflut entfesselt hatte, faltete sich auseinander und verwandelte sich erneut in Dinesh, den Elefanten. Dinesh hob den Rüssel und ließ einen weiteren Schlachtruf ertönen, aber um ihn herum waren keine Feinde mehr, die er hätte angreifen können.

Conor hob die Axt über den Kopf, aber nicht im Triumph, noch nicht. Am Ufer war die Lage unverändert kritisch. Dort rückten die Eroberer unbeeindruckt vor. Ihre Armee war noch immer riesig, obwohl sie ein gutes Drittel davon auf dem See eingebüßt hatten, und sie marschierten unaufhaltsam auf die viel kleineren Streitkräfte der Nashornreiter und zhongesischen Soldaten zu. Die Nashornreiter hatten sich vorne am Rand des ehemaligen Sees positioniert, die zhongesischen Fußsoldaten gingen an den unteren Ausläufern der Kraterwand in Stellung.

Drunten auf dem Seeboden trompete Dinesh wieder und setzte sich in Richtung des Ufers in Bewegung, an dem die Schlacht stattfinden würde. Zugleich stießen die Nashornreiter in ihre Hörner. Conor sah, wie Jodoboda seine Lanze hob und nach unten schlug und wie die Nashornreiter daraufhin wie ein Mann auf den Gegner zugaloppierten. Die Nashörner hatten ihre mächtigen, gehörnten Köpfe gesenkt.

Auch die Grünmäntel setzten sich instinktiv in Bewegung und schickten sich an, über den Seeboden zu laufen, um am Kampf teilzunehmen.

„Halt!", rief Tarik. „Wir müssen zuerst überlegen, wie wir gemeinsam vorgehen wollen. Wo können wir unsere Fähigkeiten am besten einsetzen?"

Conor wusste, wohin Meilin wollte. Sie ließ den Blick ängstlich über die zhongesischen Soldaten wandern. Bestimmt suchte sie ihren Vater.

„Die Nashörner könnten uns im Kampf niedertrampeln", sagte er. „Sicherer wären wir bei General Teng."

Meilin sah ihn an, als wäre sie überrascht, dass ausgerechnet er das vorschlug. Man merkte ihr deutlich an, dass sie ihm am liebsten zugestimmt hätte, aber dann schüttelte sie energisch den Kopf. Nur die Augen verrieten ihre Qualen. „Mein Vater braucht uns nicht", sagte sie. „Dinesh dagegen steht allein gegen eine ganze Armee. Wir sollten ihm folgen und ihn beschützen."

Tarik nickte. „Einverstanden. Wir folgen ihm und bleiben dabei alle zusammen!“

Er rannte los und Lumeo, der auf seiner Schulter saß, verlieh ihm Schnelligkeit und einen sicheren Tritt. Die anderen folgten ihm, so rasch sie konnten, blickten aber immer wieder zu den Nashornreitern hinüber, die auf die Reihen der Eroberer zustürmten. Die Eroberer waren stehen geblieben und hatten in Erwartung des Angriffs Speere und Schilde gehoben.

Nashörner, Seelentiere und die Soldaten mit ihren Waffen prallten mit einem Getöse aufeinander, wie die Grünmäntel es noch nie gehörten hatten. Es war unvorstellbar laut, ein einziger metallischer Schrei der Wut und Empörung.

Kurz nach dem Zusammenstoß der Nashornreiter mit ihren Gegnern warf auch Dinesh sich in das Getümmel. Viele Eroberer ergriffen mit ihren Seelentieren vor ihm die Flucht, aber einige waren auch aus härterem Holz geschnitzt. Schon bald hatten sie ihn umringt und er musste sich trompetend und trampelnd im Kreis drehen. Mit dem Rüssel riss er die Soldaten vom Boden und schleuderte sie gegen ihre Kameraden, mit seinen Stoßzähnen fuhr er wie mit Sicheln durch die feindlichen Reihen und mähte die Gegner in breiten Schneisen nieder.

Auch die Nashornreiter mussten feststellen, dass die Eroberer sie umzingelt hatten. Ihr Angriff hatte sie tief in die gegnerischen Reihen geführt, aber die Übermacht der Eroberer war erdrückend. Sie stürmten seitlich an ihnen vorbei und schnitten sie von ihren zhongesischen Verbündeten am Fuß der Kraterwand ab.

Als Antwort darauf begannen die Gongs der Zhongesen zu dröhnen. In der ersten Reihe ihrer Streitmacht sah Conor einen hochgewachsenen Mann stehen, der mit seinem Schwert nach vorn zeigte. Die Waffe blitzte in der Sonne auf. Das war bestimmt General Teng, der den Befehl zum Angriff erteilte! Meilins Gesicht leuchtete vor Stolz und auch Conor entfuhr ein Jubelschrei, als die zhongesischen Soldaten diszipliniert vorrückten. Alle zehn Meter blieben sie stehen und schossen eine Salve Pfeile ab.

Dann hatten auch Tarik und die Kinder das Schlachtfeld erreicht und stürzten sich in einiger Entfernung von Dinesh in den Kampf. Conor hatte seine Axt mit beiden Händen fest gepackt. Briggan neben ihm bellte und ließ die Kiefer immer wieder zuschnappen. Offenbar brannte er darauf, die Zähne in einen gegnerischen Soldaten zu graben. Rollan stand auf der anderen Seite des Wolfs und grinste Conor an.

„Gemeinsam sind wir stark."

Conor grinste zurück. „Auf jeden Fall."

Eine richtige Erkenntnis, doch auf dem Weg in Richtung des Elefanten wurden sie im Gedränge der Schlacht schnell auseinandergerissen.

„Kämpft immer zu zweit!", schrie Tarik. Er wich der Axt eines hünenhaften Soldaten aus und schlug nach seinem Arm. Lumeo tanzte um die Füße des Soldaten und biss ihn in die Schenkel, um ihn zu Fall zu bringen. Der Soldat stürzte und sofort sprang Zhosur auf ihn und biss ihm die Kehle durch. Dann kehrte er zu Lishay zurück und fiel über einen Schakal her, der sie angegriffen hatte.

Conor stand auf einmal Rücken an Rücken mit Abeke und war von Gegnern umzingelt. Mit der Hilfe von Briggan und Uraza kämpften sie zusammen, wie sie es schon im Sumpf getan hatten. Conor hielt die Soldaten mit seiner Axt und den beiden Seelentieren auf Abstand, Abeke schoss mit Pfeilen nach ihnen.

„Sie weichen zurück!", rief Tarik. „Ihnen nach!"

Der Angriff der Eroberer war tatsächlich ins Stocken geraten und viele warfen Blicke über die Schultern. Die von den Nashornreitern und den zhongesischen Kriegern in die Zange genommenen Eroberer sahen sich nach Fluchtmöglichkeiten um. Einige legten sogar die Waffen nieder und ergaben sich.

Der Kampf stand auf Messers Schneide. Auf einmal war wieder alles offen, die Zukunft wurde erneut verhandelt. Mit der Angst der Eroberer wuchs die Hoffnung der Verteidiger.

Ein Krokodil, das noch größer war als die anderen, kroch aus dem abgelassenen See.

„Das habe ich schon einmal gesehen“, rief Abeke erschrocken.

Conor wischte sich den Schweiß von der Stirn. „Ist das …?“

„Ja.“ Abeke nickte grimmig. „Es lag zusammengerollt vor dem Thron des großen Schlingers.“

„Des großen Schlingers“, flüsterte Conor. Seine Worte klangen lauter als beabsichtigt, denn um ihn war es plötzlich still geworden. Die Kämpfe waren zum Stillstand gekommen und alle blickten mit einem Schauder auf das riesige Krokodil.

Auf seinem Rücken stand ein Mann, ein wahrer Hüne, angetan mit einem roten Kettenhemd und einem gehörnten Helm, der sein Gesicht verbarg.

„Auch General Gar kann durch einen Pfeil getötet werden“, murmelte Abeke.

Die Ankunft des Krokodils und seines Reiters gab den Eroberern wieder Mut. Ein Schrei stieg aus ihren Kehlen auf und sie griffen erneut an. Die Schlacht tobte hin und her, kleinere Gruppen kämpften gegeneinander und jede Ordnung löste sich in Chaos auf.

Conor hatte die anderen Grünmäntel aus den Augen verloren und bliebt an Abekes Seite. Sie fielen in einen Rhythmus, der erst unterbrochen wurde, als ein Vielfraß Conor von hinten anfiel, während er damit beschäftigt war, einen Soldaten abzuwehren. Conor spürte, wie sich spitze Zähne ihn seinen Arm bohrten und ihn schüttelten, sodass er die Axt fallen lassen musste. Er schrie vor Schmerzen auf und ging in die Knie.

Briggan fletschte die Zähne, aber Abeke war schneller bei Conor. Sie wollte den Vielfraß schon mit einem Pfeil durchbohren, doch im letzten Moment drehte sie die Hand und schlug stattdessen mit der Faust nach ihm. Er ließ von Conor ab und Abeke wich mit aufgerissenen Augen und offenem Mund zurück.

„Warum tust du das?" Conor hielt sich den Arm und spürte, wie Blut unter seinen Fingern hervorquoll. Abeke hatte sich im letzten Moment umentschieden, aber warum? Er streckte die Hand nach seiner Axt aus.

Abeke sah sich um und erstarrte. Eine schlanke Gestalt trat aus dem Getümmel, ein Junge kaum älter als Conor und Abeke, aber kräftiger. Er hatte blonde Haare und eine helle Haut, die auch unter dem Schmutz der Schlacht durchschien. Der Blick des Jungen fiel auf Abeke und auch er blieb stehen. Die beiden schienen einander zu kennen, Conor, der gerade mit einer Hand auf Briggan gestützt mühsam aufstand, merkte es sofort. Abeke wirkte fassungslos. Ihre Haut war bleicher, als er sie je gesehen hatte. Der blonde Junge lächelte und hob grüßend die Hand.

Abeke war immer noch in seinen Anblick versunken, als ein anderer gegnerischer Soldat mit seinem Schwert nach ihrem Kopf schlug. Conor sprang mit einem unterdrückten Aufschrei vor, wehrte den Hieb mit dem Heft seiner Axt ab – und stieß gegen die dünne, geschwungene Klinge eines Säbels. Der blonde Junge war Abeke ebenfalls zu Hilfe gekommen. Die beiden sahen sich über die gekreuzten Waffen hinweg an. Abeke erwachte aus ihrer Versenkung und stieß dem Soldaten den Pfeil in ihrer Hand tief in die Brust. Briggan griff den Vielfraß an und schnappte wie wild nach ihm. Der Vielfraß erwiderte den Angriff.

Mit einem metallischen Scharren zog der blonde Junge sein Schwert von der Axt ab, ohne Conor dabei aus den Augen zu lassen.

„Renneg!“, rief er und der Vielfraß kehrte mit einem seltsam hustenden Laut zu ihm zurück.

„Shane“, sagte Abeke.

„Abeke.“ Der Junge nickte traurig, sagte aber nichts mehr. Stattdessen drehte er sich um und verschwand schnell im Getümmel.

„Wer war das?“ Conor holte mit seiner Axt aus und brachte einige gegnerische Soldaten dazu, dem fremden Jungen schnell hinterher zu eilen. „Shane wer?“

„Das geht dich nichts an!“, rief Abeke. Ihr Gesicht war gerötet und sie wich Conors Blick aus.

„Ach so.“ Conor hatte sich schon gewundert, warum Abeke so lange bei den Eroberern geblieben war. Vielleicht war der Grund dafür der gut aussehende Junge, der Abeke soeben gegen seine eigenen Leute verteidigt hatte.

Um sie war eine Lücke entstanden, weil manche der Soldaten Shane gefolgt waren. In einiger Entfernung hatten sich Tarik, Lishay, Meilin und Rollan endlich zu Dinesh durchgekämpft. Doch der Elefant schien sich aus dem Kampf zurückzuziehen und griff nur noch die an, die so dumm waren, ihm zu folgen. Conor und Abeke versuchten, zu ihren Gefährten zu stoßen und Dinesh bemerkte sie. „Gegenwärtig steht es in etwa unentschieden. Jetzt liegt es an euch, wer gewinnt. Ich warte auf den Sieger."

Damit trampelte er an ihnen vorbei. Der Boden erzitterte unter ihren Füßen.

Die Eroberer starrten ihm einen Augenblick lang wie betäubt nach und konnten ihr Glück nicht fassen. Dann griffen sie wieder an. Zu Hunderten stürzten sie sich auf die Grünmäntel und ihre Seelentiere und schnitten Abeke und Conor von den anderen ab. Hinter ihnen näherten sich das Riesenkrokodil und sein Reiter.

Ein schwerer Verlust

„Rücken an Rücken!“, befahl Tarik. Meilin stellte sich zu ihm, Lishay und Rollan. Ihre Schultern berührten sich, dann wurden sie ein wenig auseinandergedrängt, als Meilin Jhi aus dem Ruhezustand weckte und die Pandabärin unversehens zwischen ihnen auftauchte. Sie stand aufrecht wie eine Säule und die anderen lehnten sich mit dem Rücken gegen ihren mächtigen Rumpf und spürten, wie neue Kraft sie durchströmte. Lumeo hatte sich zwischen Tariks Füße zurückgezogen, aber Zhosur sprang die Angreifer fauchend an und Essix balgte sich in der Luft mit einem Dutzend gegnerischer Vögel. Ihre überlegene Geschwindigkeit und Wendigkeit rettete sie vor deren wilden Angriffen.

Innerhalb kürzester Zeit waren sie von allen Seiten umzingelt. Meilin wirbelte ihren Stab so schnell durch die

Luft, dass man ihn kaum sah, und vollführte reflexartig die lange eingeübten Bewegungen. Tariks Schwert blitzte auf, Lishays Säbel fuhr pfeifend durch die Luft und die beiden schlugen unermüdlich auf ihre Gegner ein. Rollan stieß mit seinem Dolch so schnell zu, wie Essix Vögel anfiel. Und der Falke stürzte sich von oben immer wieder im Sturzflug auf ungeschützte Augen und Kehlen.

Doch die Übermacht des Gegners war erdrückend. Meilin wusste es und war überzeugt, dass die anderen es auch wussten, obwohl es keiner aussprach. Es blieb keine Zeit zum Reden und es gab auch gar nichts zu sagen. Es konnte nicht mehr lange dauern, bis einer von ihnen verwundet oder getötet würde. Das Ende stand unmittelbar bevor.

Doch dann wichen die Eroberer plötzlich vor einem neuen Angreifer zurück. Ein schnaubendes Nashorn mit zwei Reitern stürmte auf sie zu und dahinter folgten weitere Soldaten und Nashornreiter. Sie kämpften Seite an Seite, als hätten sie jahrelang nichts anderes getan. Auf dem Rücken des Nashorns saßen ein mit einem Speer bewaffneter Tergesh und ein Soldat, der prächtig in Karmesinrot und Silber gewandet war. An seinem Helm prangte ein Rangabzeichen und sein Schwert glänzte bei jedem Hieb wie flüssiges Silber.

Meilin kannte das Abzeichen und ihr Herz begann zu klopfen.

„Vater!“, schrie sie.

„Jodoboda!“, rief Rollan.

General Teng grüßte Meilin mit seinem Schwert, dann konzentrierte er sich zusammen mit Jodoboda und dessen Nashorn wieder auf den Kampf. Die Gegner, die nicht mit ihrem Auftauchen gerechnet hatten, wichen zurück. Viele warfen die Waffen weg, als sie sahen, wie andere von den Nashörnern niedergetrampelt wurden. Ihr Hufgetrappel war genauso ohrenbetäubend laut wie zuvor Dineshs.

Meilin lehnte sich erschöpft gegen Jhi und sah ihrem Vater zu. Er war groß und stark und belebte sie mit neuer Hoffnung. Befehle brüllend ritt er neben den Nashornreitern her. Am liebsten wäre sie ihm gefolgt, aber die anderen Grünmäntel brauchten sie hier, genauso wie ihr Vater dort gebraucht wurde, wo er jetzt kämpfte.

Da brach plötzlich das Riesenkrokodil mit seinem Reiter durch die Reihen der zurückweichenden Eroberer. Rücksichtslos trampelte es sie mit seinen klauenbesetzten Füßen nieder. Jodoboda wollte sein Nashorn wenden, um es anzugreifen, aber er war nicht schnell genug. Das gewaltige Maul schloss sich um den Hals des Nashorns und das Tier ging zu Boden. Jodoboda klammerte sich in seiner Fassungslosigkeit einen Augenblick zu lange an den Rücken des stürzenden Tieres. Erst im letzten Moment ließ er los und sprang zur Seite, doch beim Aufkommen auf dem Boden verrenkte er sich das Bein und konnte nicht wieder aufstehen.

Das Krokodil drückte das tote Nashorn mit seiner hässlichen Schnauze zur Seite und kroch auf die erschöpften Grünmäntel zu. Der Mann auf seinem Rücken zog einen Säbel mit einer sichelförmigen Klinge aus der Scheide auf seiner Brust und täuschte einen Angriff auf Tarik vor, der ihm am nächsten stand. Tarik hob sein Schwert, um den Hieb zu parieren. Doch in Wahrheit hatte der Mann gar nicht auf ihn gezielt – sondern auf Lishay, die wie Meilin erschöpft an Jhi lehnte.

Lishay reagierte zu langsam.

Zhosur sprang, noch während der Säbel durch die Luft sauste. Der Säbel traf den Tiger und fuhr mit einem grässlich dumpfen Laut tief in seinen Hals. Zhosur fiel vor Lishays Füßen auf den Boden. Lishay schrie vor Kummer gellend auf, fiel neben Zhosur auf die Knie und wühlte mit den Fäusten in seinem weißen Fell. Meilin kniete sich neben sie. Vielleicht konnte Jhi Zhosur ja noch helfen, wenn sie schnell handelten.

Doch Zhosur hatte bereits aus einem Dutzend kleinerer Wunden geblutet, bevor der Säbel ihn getroffen hatte. Meilin wusste, dass er tot war, noch bevor sie ihn berührte.

Lishay stimmte ein lautes Klagegeschrei an, das Meilin das Herz brach.

Tarik fauchte wie ein Tier. Noch nie hatte Meilin einen solchen Laut von dem Grünmantel gehört und sie hob erschrocken den Kopf. Tarik war bereits losgerannt und hatte das Schwert erhoben, um das Krokodil zu töten.

Doch er traf es nicht. Das Krokodil warf seinen gepanzerten Kopf zur Seite und fegte ihn aus dem Weg. Tarik flog durch die Luft, landete und blieb bewegungslos liegen. Lumeo rannte mit besorgten Zwitscherlauten zu ihm.

Meilin sprang auf und wollte ihm zu Hilfe eilen, aber Rollan riss sie zurück. Im selben Moment machte das Krokodil einen Satz nach vorn und seine Kiefer schlugen an der Stelle zusammen, an der Meilin sich befunden hätte, wenn sie losgerannt wäre.

„Vorsicht!", rief eine Stimme, die sie gut kannte. Ihr Vater! Er war von dem Nashorn abgestiegen und zu ihnen geeilt!

Bevor das Krokodil sie erneut angreifen konnte, deckte General Teng seine Schnauze schon mit Schwerthieben ein. Funken sprühten von der seltsam gepanzerten Haut, aber auch ein wenig Blut trat aus.

„Zurückbleiben, Meilin!", befahl der General.

Wieder blitzte sein Schwert auf und wehrte einen krummen Säbel ab. Das Krokodil schnappte nach ihm, aber er ging in die Knie, beugte sich zurück und stützte sich mit einer Hand auf dem Boden auf, sodass die Kiefer ins Leere schnappten. Rollan hielt Meilin fest.

„Lass mich los!", brüllte Meilin. „Vater!"

Schreiend wollte sie sich befreien, um ihrem Vater zu helfen, doch da packte sie noch jemand und zog sie einige Schritte zurück.

„Dieser Gegner ist für den Nahkampf zu stark!“, sagte eine vertraute Stimme. Meilin fuhr herum. Hinter ihr war Xue, allerdings diesmal ohne ihr Bündel. Sie war auch nicht mehr nach vorne gebeugt, sondern stand aufrecht. In den Händen hielt sie ihre spitzen Essstäbchen, an denen Blut klebte. „Du musst ihn erschießen!“

Aufgeregt sah Meilin sich um, aber alle Bögen und Pfeile, die sie entdecken konnte, waren zerbrochen. Dann fiel ihr Blick auf Jodobodas Lanze, die mit der Spitze im Boden steckte. Meilin lief zu ihr und zog sie heraus. Sie war schwer, lag aber gut in der Hand, und Meilin hatte Kraft.

Rollan hatte inzwischen einen unbeschädigten Bogen gefunden. Ungeschickt legte er einen Pfeil ein, der für den Bogen allerdings zu lang war. General Teng wich den zuschnappenden Kiefern des Krokodils erneut aus und schlug mit dem Schwert zurück. Wieder sprühten Funken, ansonsten richtete er wenig aus.

„Bitte hilf mir, Jhi!“, flehte Meilin leise. Sie balancierte die Lanze auf der Schulter, packte sie mit beiden Händen und ging ein wenig in die Knie, um sie dem Krokodil ins Auge zu stoßen. „Stell dir einfach vor, dass die Lanze ein wirklich spitzes Stück Bambus ist.“

Mit einem Mal erfüllten sie Kraft und Ruhe. Sie spürte Rollan und Xue hinter sich und hörte Abeke und Conor näher kommen und rufen. Meilin beachtete sie nicht. Sie holte tief Luft, suchte mit beiden Beinen nach einem festen

Stand, spannte die Muskeln an und hob die Lanze über die Schulter. Sie war bereit.

Da rutschte General Teng auf dem blutigen Gras aus. Im nächsten Moment hatte er sich schon wieder gefangen und hob das Schwert, aber nicht schnell genug.

Die mächtigen Kiefer des Krokodils schlossen sich um seinen Leib und die Zähne bohrten sich knirschend durch den Panzer. Der General verzog das Gesicht vor Schmerz, aber kein Laut drang über seine Lippen. Das Krokodil spuckte ihn aus und das Schwert fiel aus seiner Hand.

Ein zhongesischer Krieger schrie nicht vor Schmerzen und das galt auch für General Teng und Meilin. Bei dem schrecklichen Anblick ihres am Boden liegenden Vaters verließ Meilin zwar die innere Ruhe, die Jhi ihr gegeben hatte, aber statt zu schreien, handelte sie.

Sie warf die Lanze nicht, sondern griff das Krokodil mit der Waffe in der Hand direkt an.

„Nicht, Meilin!" Doch Rollan konnte sie nicht mehr aufhalten.

Das Krokodil reagierte zu langsam. Es schwang mit dem Kopf herum, um die Lanze mit den Zähnen zu packen, doch zu spät. Die Lanze traf es in den Mundwinkel. Getrieben von Meilins ganzer Kraft, zusätzlich verstärkt durch die Kraft des Großen Tiers Jhi, drang die stählerne Spitze tief in seinen Kiefer ein und hinterließ eine hässliche Wunde.

Die allerdings nicht tödlich war.

Das Krokodil öffnete das Maul, um den Angreifer zu töten, der sich erdreistet hatte, ihm eine Wunde zuzufügen. Im selben Moment schoss Rollan ihm einen Pfeil in den Rachen. Auch der Pfeil war mehr lästig als gefährlich, aber der Reiter des Krokodils sah, dass sich weitere Bogenschützen und Grünmäntel im Laufschritt näherten.

Das Krokodil unter ihm bäumte sich auf und der Mann auf seinem Rücken riss es herum.

„Wir werden siegen!", fauchte er, doch sein Tun strafte ihn Lügen. Das Krokodil wendete, brach durch Freund und Feind gleichermaßen und war erstaunlich rasch verschwunden.

Damit hatten die Eroberer den Kampf verloren. Als sie sahen, dass ihr Anführer sich mit seinem Reittier zurückzog, wandten sie sich Hals über Kopf zur Flucht. Die Nashornreiter trampelten sie mit ihren Tieren nieder und die zhongesischen Gongs gaben den Befehl zur Verfolgung.

Meilin bekam das alles nur ganz entfernt mit. Sie rannte zu ihrem Vater und kniete sich neben ihn. Aus seinem Mund quoll blutiger Schaum. Trotz der ungeheuerlichen Kraft, mit der das Krokodil ihn zusammengedrückt hatte, lebte er noch!

„Jhi!", rief Meilin. „Jhi!"

Jhi zwängte sich neben sie, legte eine Tatze auf die verletzte Brust des Generals und drückte ganz leicht. Dann zog sie sich zurück.

„Nein“, rief Meilin und wollte sie zurückhalten. „Du musst ihm helfen!“

Aber Jhi kehrte nicht zurück. Sie blieb bewegungslos in einiger Entfernung sitzen als Zeichen, dass sie nichts mehr tun konnte.

„Meilin.“

Ein kaum hörbares Flüstern. Meilin drückte die Wange an die ihres Vaters. Tränen rannen ihr über das Gesicht.

„Ich bin hier, Vater.“

„Ich bin … stolz auf dich, meine Tochter.“ Die Worte waren im Kampflärm kaum zu hören. „Ich hätte es dir sagen sollen … Verräter … der Gallentrank …“

Er verstummte und Meilin spürte, wie er erschlaffte. Sie richtete sich auf. Die braunen Augen ihres Vaters – Augen wie ihre – starrten blicklos ins Leere.

Schlagartig erstarb der Lärm um sie und sie nahm die Schlacht nicht mehr wahr. Sie hörte nur noch eine stumme Klage, den stummen Schrei des Todes. Er war so laut. Wie konnte es sein, dass die anderen ihn nicht hörten? Dass sie nicht darüber verzweifelten?

Sie spürte Rollans Hand auf ihrer Schulter und die sanfte Berührung von Jhis Schnauze an ihrem Ohr, doch sie reagierte nicht darauf. Stattdessen beugte sie sich über ihren Vater und ließ ihren Tränen freien Lauf.

Es stimmte nicht, dass ein zhongesischer Krieger niemals weinte.

Essix, die einige Federn eingebüßt hatte, landete ein paar Schritte entfernt. Auch Conor und Abeke traten dazu, doch sie schwiegen. Conor half Tarik, der nur halb bei Bewusstsein war, beim Aufstehen, Abeke beugte sich über Lishay, um nachzusehen, ob sie noch lebte. Uraza schnupperte an dem toten Zhosur. Ein leises Winseln drang tief aus ihrer Kehle.

Meilin wiegte sich auf den Knien vor und zurück. Am liebsten wäre sie mit Essix zum Himmel hinaufgeflogen, weit weg vom Schlachtfeld. Doch die Pflicht hielt sie zurück. Sie durfte Jhi und die anderen, sie durfte Erdas nicht im Stich lassen. Der Traum vom Fliegen war eben nur das – ein Traum.

Sie wischte sich über die Augen und stand auf.

„Die Zeit der Bambusblüte kommt für uns alle", sagte Xue. „Es zählt nur das Leben, das wir führen."

Meilin nickte benommen, unfähig zu sprechen. Sie kannte das alte Sprichwort aus Zhong, aber niemand hatte es bisher zu ihr gesagt.

So viel Zeit war vergangen, seit sie und ihr Vater Jano Rion hatten verlassen müssen. Unendlich viel Zeit. Zumindest ihr Vater würde nie mehr zurückkehren.

Tarik legte ihr tröstend die Hand auf die Schulter und stützte sich zugleich auf sie. Die Schlacht hatte sich von ihnen fortbewegt und überall lagen Tote und Verwundete. Trauernde beugten sich über sie. Der Kampflärm war nur noch leise zu hören und entfernte sich immer mehr. Eine seltsame Ruhe kehrte ein.

„Haben wir gesiegt?", fragte Rollan.

Tarik nickte. „Vorerst ja."

„Lishay lebt", rief Abeke. „Aber ich kann sie nicht wecken."

„Versuche es nicht", sagte Xue. „Ein Seelentier zu verlieren ist auch eine Art kleiner Tod. Einige kehren zurück, die meisten nicht."

Tarik schloss für einen kurzen Moment die Augen, als wäre ihm diese Vorstellung unerträglich.

„Dann hole ich jetzt am besten den Talisman, einverstanden?", sagte Rollan. „Ich meine, falls die Eroberer zurückkehren und wieder angreifen."

„Was soll das heißen, du holst den Talisman?", fragte Conor.

„Ach so, stimmt, das habe ich euch gar nicht gesagt. Er befindet sich in der Pyramide. Ich habe ihn schon vorhin gefunden und … äh … wieder zurückgelegt."

„Wie bitte?!", riefen Conor und Abeke gleichzeitig.

„Dinesh hat mich dafür gelobt! Deshalb hat er uns auch geholfen. Er meinte, wenn wir gewinnen würden, könnten wir ihn haben … also …"

„Ich habe mich schon gewundert, warum er uns geholfen hat", fiel Tarik ein. Er sah Rollan an. „In dir steckt wirklich mehr von einem Grünmantel, als du wahrhaben willst,

Rollan. Hoffentlich wirst du eines Tages doch noch einer von uns."

„Lass uns nichts überstürzen", sagte Rollan. „Wenn ich Mitglied wäre, könntest du niemandem mehr Vorträge über Pflicht und Ehre halten."

„Wir kommen mit, wenn du den Talisman holst", sagte Meilin leise. Der Leichnam ihres Vaters lag zu ihren Füßen. Sie brauchte die anderen jetzt, denn sie waren alles, was ihr noch geblieben war.

Sie streckte die Hand aus. Rollan nahm sie überrascht und ihre Blicke trafen sich. Conor und Abeke reichten sich nach kurzem Zögern ebenfalls die Hände. Die vier sahen sich an. Sie waren blutbesudelt und erschöpft, aber sie hatten die erste große Schlacht gegen den Schlinger überstanden. Gemeinsam.

Jhi beobachtete sie mit ihren silberfarbenen Augen und warf Briggan einen heimlichen Blick zu. Der Wolf grinste mit heraushängender Zunge. Uraza schnaubte und begann sich die blutigen Pfoten zu lecken. Essix, die hoch über ihnen kreiste, stieß einen langen, durchdringenden Schrei aus.

Der Schieferelefant

Dinesh empfing sie am Fuß der ramponierten Pyramide, zusammen mit den überlebenden Priestern. Der Große Elefant, der zuletzt noch aus einigen Hundert kleinen Wunden geblutet hatte, sah wieder vollkommen unversehrt aus. Er war außerdem etwas kleiner geworden. Die Priester hatten wieder die Elefantenköpfe aufgesetzt und waren in einfache graue Gewänder gekleidet. Viele trugen Verbände.

„Ihr habt also gesiegt“, sagte Dinesh. „Und jetzt wollt ihr den Schieferelefanten holen.“

„Wir wollen darum bitten, ihn mitnehmen zu dürfen“, erwiderte Rollan diplomatisch.

„Und dir für deine Hilfe danken“, fügte Abeke hinzu.

„Ich habe nur getan, was für einen ausgeglichenen Kampf notwendig war“, rumpelte Dinesh. „Vielleicht ein wenig mehr, weil die anderen ja diese Riesenechse auf ihrer Seite hatten."

„War das Krokodil ein Großes Tier?", fragte Conor. „Wie unsere Seelentiere?"

„Nein, mein Junge", erwiderte Dinesh. „Wir Großen Tiere sind wie Geschwister. Es ist zwar lange her, dass ich über das Tun der anderen genau informiert war, aber wir stehen ausnahmslos alle im Dienst von Erdas, sogar Kovo und Gerathon auf ihre törichte Weise. Kein anderes Tier, es mag noch so groß und bedeutend sein, kann je ein Großes Tier werden. Allerdings hatte dieses Seelentier verblüffende Ähnlichkeit mit einem Großen Tier ..."

„Bestimmt war sein Reiter General Gar", sagte Abeke. „Obwohl ich das Gesicht nicht sehen konnte."

„Jedenfalls steht fest, dass der Schlinger zurückgekehrt ist", fügte Tarik ernst hinzu. „Wie wir befürchtet haben."

„Unabhängig davon müsst ihr schleunigst von hier verschwinden", erklärte Dinesh. „Die Eroberer haben eine Niederlage erlitten, aber sie fallen in Scharen ins Land ein. Sie haben einen Durchgang durch das Große Bambuslabyrinth gefunden oder geschaffen und keine Ecke von Pharsit Nang ist vor ihnen sicher. Sie werden wieder angreifen, und zwar bald. Ich selbst werde mich an einen ruhigeren Ort zurückziehen und dort meine Betrachtungen fortsetzen."

„Und wir schließen uns zunächst den Nashornreitern

an, wenn sie uns mitnehmen." Tarik wandte sich an Jodoboda, der neben ihnen stand. Jodobodas Bein war geschient, den Arm hatte er um die Schulter eines Nashornreiters gelegt. Sein Bart war schmutzig und als Zeichen der Trauer hatte er sich die schwere Kette seines gefallenen Nashorns um den Hals gelegt.

Er nickte. „Wir nehmen euch mit. Und auch die zhongesischen Kämpfer." An Xue gewandt, fügte er hinzu: „Wir haben beschlossen, dass wir in Pharsit Nang gemeinsam gegen die Eroberer kämpfen wollen, genau wie du es uns die ganze Zeit geraten hast, alte Mutter. Du hast wie immer deinen Willen bekommen!"

„Du meinst, ihr habt Vernunft angenommen", erwiderte Xue mit einem Schnauben.

„Wir müssen uns auch bei euch bedanken", sagte Rollan zu Jodoboda. „Ohne die Nashornreiter wären wir verloren gewesen, genauso ohne Meilins Vater … oder deine Priester, Dinesh."

„Alle wurden gebraucht", sagte Dinesh mit einem schweren Seufzer, als müsste er einen genauso schmerzhaften Verlust verkraften wie Meilin. „Und alle haben getan, was notwendig war. Holt den Talisman. Ihr dürft ihn mitnehmen."

Rollan verbeugte sich hastig, aber voller Dankbarkeit, und eilte im Laufschritt die geborstenen Stufen der Pyramide hinauf. Essix kreiste über ihm.

Bei seiner Rückkehr schwiegen die anderen erschöpft. Sie hatten den Kampf gewonnen und den Schieferelefanten geholt, aber der Preis war hoch gewesen. Was würde die Jagd nach dem nächsten Talisman kosten?

„Welchen Talisman werdet ihr als Nächstes suchen?“, fragte Dinesh. „Und welches Große Tier in seiner Ruhe stören?“

„Das wissen wir nicht“, sagte Tarik.

„Es sei denn, du hilfst uns noch einmal“, fügte Abeke hinzu. „Du hast von Suka gesprochen, die in einem Grab aus Eis eingeschlossen ist. Kannst du uns sagen, wo genau?“

Dinesh lachte, ein tiefes Rumpeln, das durch den Krater hallte.

„An einem kalten Ort“, sagte er und seine Augen funkelten. „Mehr kann ich nicht verraten. An einem sehr kalten Ort.“

„Das wäre eine willkommene Abwechslung.“ Rollan hielt die Kette mit dem Schieferelefanten hoch und ließ ihn langsam kreiseln. „Wenigstens haben wir jetzt diesen hier.“

„Gib ihn bloß nicht wieder her“, sagte Conor.

Rollan stutzte für einen Moment. Hatte Conor etwa einen Scherz gemacht?

„Auf keinen Fall“, sagte er. „Es soll ja nicht zur Gewohnheit werden.“

Uraza knurrte und fauchte plötzlich.

Alle drehten sich um. Lishay lag auf einer Trage in der Nähe. Ihre Wunden waren versorgt, aber sie war immer noch nicht aufgewacht. Ihre Wangen waren eingefallen, ihre Haare hingen wirr herunter.

Doch jetzt saß auf einmal ein schwarzer Tiger mit schwarzen Streifen neben ihrem Kopf, gab wimmernde Laute von sich und stupste mit seiner weichen Tatze behutsam ihr Gesicht an.

Uraza stand alarmiert auf, doch Abeke hob die Hand und der Leopard blieb stehen. Rollan beobachtete das Geschehen staunend.

Der schwarze Tiger ließ ein klagendes Jaulen hören und leckte Lishay die Wangen. Lishay bewegte den Kopf, murmelte etwas, streckte den Arm aus und fasste mit den Fingern in das Nackenfell des Tigers.

„Zhosur?", fragte sie und hob den Kopf ein wenig. Sie öffnete die Augen und ihr Blick fiel auf das Seelentier ihres gefallenen Zwillingsbruders. „Zhamin?"

Der Tiger schnurrte und senkte den Kopf. Lishay schluchzte auf und schlang die Arme um ihn. Im nächsten Augenblick verschwand der Tiger mit einem Lichtblitz.

Lishay schob langsam ihre Ärmel hoch und betrachtete die beiden Tattoos auf ihren Unterarmen.

Das linke zeigte einen weißen Tiger im Sprung, war allerdings verblasst und sah aus wie von Geisterhand erschaffen. Das andere, das neu und frisch wirkte, zeigte einen springenden Tiger, der schwarz war wie die sternenlose Nacht.

„Was sagt man dazu“, murmelte Xue.